青ざめた蘭

アン・メイザー 作
山本みと 訳

ハーレクイン・ロマンス
東京・ロンドン・トロント・パリ・ニューヨーク・アムステルダム
ハンブルク・ストックホルム・ミラノ・シドニー・マドリッド・ワルシャワ
ブダペスト・リオデジャネイロ・ルクセンブルク・フリブール・ムンバイ

PALE ORCHID

by Anne Mather

Published by Harlequin Japan,
a Division of K.K. HarperCollins Japan, 2025

アン・メイザー

イングランド北部の町に生まれ、現在は息子と娘、2人のかわいい孫がいる。自分が読みたいと思うような物語を書く、というのが彼女の信念。ハーレクイン・ロマンスに登場する前から作家として活躍していたが、このシリーズによって、一躍国際的な名声を得た。他のベストセラー作家から「彼女に憧れて作家になった」と言われるほどの伝説的な存在。

主要登場人物

ローラ・ハイトン……………………作家の秘書。
パメラ……………………………………ローラの妹。理学療法士。愛称パム。
ピアース・カーヴァー…………………ローラの雇い主。作家。
ジェイソン・モンテフィオーレ……実業家。ローラの元上司。
レジーナ…………………………………ジェイソンの元妻。
ルシア……………………………………ジェイソンの娘。愛称ルーシー。
アイリーン………………………………ジェイソンの妹。
マイク・カザンティス…………………アイリーンの夫。
ルーカス・カマラ………………………ジェイソンの部下。愛称ルーク。
フィル・ローガン………………………ジェイソンが経営するクラブの従業員。
リーア……………………………………ジェイソンの屋敷の家政婦。

1

乗客のほとんどはハワイで休暇を過ごす人たちで、ホノルルに立ち並ぶ高級ホテルに向かう。オアフ島を経由してほかのハワイ諸島に行く人もいるだろう。誰もが早く飛行機を降りたくてたまらないように見える。サンフランシスコを飛び立ってから、機内には期待に満ちた明るい雰囲気が広がっていた。

「ハワイは初めて？」隣に座っていた小太りの中年女性が尋ねた。彼女は何度かローラを会話に引き込もうと試み……その都度失敗していた。

「いいえ」愛想のない答えだが、ローラはハワイの話をしたくなかった。そもそもここに来たくなかったのだ。残酷な運命のいたずらさえなければ、二度と足を踏み入れなかったに違いない。

「以前に来たことがあるの？」女性がしつこく尋ねた。すでに扉が開いて、早く降りようとする乗客が出口に集まっている。

「ええ」ローラはバッグのストラップを肩にかける

大型ジェット機は到着ゲートへと移動し、乗降用ブリッジが所定の位置につけられた。遠くの滑走路では、別の飛行機が離陸しようとしていた。ワイキキビーチを大きく迂回《うかい》し、カリフォルニアに向かって飛んでいく。

ローラ・ハイトンは夕方の空に旅立つアメリカン航空の旅客機を見つめていた。できるものなら、あの飛行機に乗ってサンフランシスコに引き返し、ロンドンに戻りたかった。恥を忍んで、一万二千キロの長い道のりをやってきた。ここに来るとわかっていたら、あんなに自信を持ってロンドンを出発していただろうか。

と、持ってきた雑誌や本を取り上げた。だが、通路側の席を空けてもらうにしても、もう少し何か話さなければいけない気がした。「何年か前にここで働いていたんです。すばらしいところですね」

「そのとおりよ」相手は熱をこめて言うと、立ち上がった。話し足りないようだが、出口に向かうしかなかった。「楽しんでね」ローラがいくらか距離を置いてうしろに立ったとき、彼女が言った。

「そのつもりです」ローラはかすかな笑みを浮かべた。楽しむなんてありえない。けれど、これはローラ自身の問題で、ほかの人には関係ない。

到着ロビーでは、ポリネシア系の美女が観光客に渡すレイを持って待っていた。ローラもこの島を初めて訪れたとき、同じ歓迎のしるしを受け取った。あの日の喜びは今も覚えている。今日は笑顔の人波を避けて、急いでエスカレーターで下りると、ターミナルビルに向かう連結式のバスに乗り込んだ。

荷物を受け取ってタクシーに乗るころには、日は暮れかけていた。カラカウア通りから少しはずれた小さなホテルの場所を告げると、シートにもたれてくつろいだ。タクシーの開いた窓から吹き抜けるあたたかい風は懐かしく、カパラマ運河を渡る前には、ドールの缶詰工場のにおいも嗅ぎ取れた。

右手に広がるマリーナでは、ヨットのマストが揺れていた。小型のディンギーから大型のヨットまで、あらゆる船が係留されている。ジェイソンは今もあのヨットを所有しているのだろうか。ローラはそう考えていらだち、桟橋に浮かぶ美しい海上レストランに注意を向けた。ジェイソン・モンテフィオーレがどんな私生活を送ろうと、私には関係ない。

タクシーはにぎやかなカラカウア通りを抜けて、ハイアット・リージェンシーの少し先で脇道に入った。そして百メートルほど進んで十字路を過ぎると、カプラニ・リーフ・ホテルの前で止まった。ローラはタクシーを降りて荷物を取り出し、料金を払った。かつては美しかったはずのホテルの正面を見上げ、ここの名前を覚えていてよかったと考えた。バルコニーのペンキははがれ、壁は日に焼けて黄ばんでいる。けれどローラの知るかぎり、このホテルは評判がよかった。もちろん、それも三年も前のことだが、ワイキキのホテルは宿泊料も高く、ジェイソンが連れていってくれたところなどとても手が出ない。

あらかじめサンフランシスコから予約の電話を入れておいた。丁重なフロント係が手続きをして、中国人のポーターを呼んだ。エレベーターに乗って四〇九号室に着くと、ローラは無愛想なポーターにチップを渡し、部屋を見まわした。

清潔で、きちんと片付いている。ホノルルで暮らすあいだになじみになった広い寝椅子型のベッドのほか、たんすとクローゼット、円いガラステーブルと椅子が一脚、それにバルコニーに出る引き戸の脇にカラーテレビがあった。電話もある。これがもっとも必要なものだったが、はやる気持ちを抑えてバスルームに向かった。

十五分後シャワーを浴びてさっぱりすると、体にタオルを巻いただけの姿でスーツケースを開けた。そして最初に手に触れた半袖のシャツとウエストを紐《ひも》で結ぶコットンパンツを引っ張り出した。

いつもは三つ編みにまとめているつややかな髪をブラシで梳《と》かしながら、いらだちを抑えて、バルコニーに出た。外は暗くなってきたが、空気はやわらかく、しっとりしている。ここは一年を通して温暖だ。夏はコナと呼ばれる南風が吹くと蒸し暑くなるものの、通常の気候はすばらしく、太陽と貿易風がこの島々を楽園に変える。

海岸を洗う波の音が聞こえてくる。しなければならないことを明日に延ばして、ビーチを散歩したくなった。しばらく悩みを忘れてハワイの美しさを堪能できたら、どんなにいいだろう。けれど、サンフランシスコの病院で横たわるパメラを思い出し、ブラシを置いて髪をきっちり一つにまとめた。

部屋を横切って、ベッド脇の電話に近づいていく。サンフランシスコに到着した直後に目にした光景は、もっと悲惨だった。パメラの電話に応えていなければ、不平を言うピアースに従っていたら、そしてロンドンからただちに飛び立っていなければ、生きている妹に二度と会えなかったかもしれない。実際、パメラは意識がなく、テーブルには空になった睡眠薬の容器があった。今でも思い出すだけで震えが起きる。私が行かなければ、パメラは死んでいただろう。すべてはマイク・カザンティスのせいなのだ。

受話器を取り上げる前にバッグに手を伸ばし、妹の部屋に散乱していた何通もの手紙を取り出した。これがなかったら、妹の心を傷つけた男の名は謎のままだったかもしれない。自殺未遂は手紙とはなんの関係もないとパメラは言い張った。けれどマウント・ラシュモア病院の医師から妹の妊娠を告げられ、ローラにも状況が見えてきた。

パメラにとって、マイク・カザンティスの名はなんの意味も持たなかったはずだ。彼女がサウサリートで理学療法士の職を得てから、二年もたっていない。それに裕福で年老いたミセス・ゴールドスタインに付き添う仕事は、成功した実業家のジェイソン・モンテフィオーレとはかけ離れている。

自分の経験から、ローラは妹を説き伏せてアメリカ行きを断念させようとした。だが、ローラ自身がハワイからロンドンに戻った理由を説明しないのだから、説得力はなかった。それに、パメラが姉と同じ過ちを犯すとは限らない。

ローラはかぶりを振って、電話に手を伸ばした。三月初めにピアースに付き添ってカマルグに行く手はずを整えていたとき、パメラから手紙を受け取ったが、そこにはこの上なく幸せだと書いてあった。ジェイソンの義理の弟については一言も書かれていなかった。彼が既婚者だと知っていたから？　だから姉にもその名を伝えなかったの？　いずれにしても、ローラが読んだ彼からの手紙は何も明かしていなかった。明らかなのは、一カ月半前から手紙が送られてこなくなったことだ。もっとも新しい消印は三月十四日で、事情を理解するのは難しくなかった。

ローラはまずジェイソンが経営するクラブに電話した。六時過ぎなので、おそらく彼はそこにいるはずだ。もちろん、ホノルルにいるならの話だが。そう考えて、ローラは指を交差させて祈った。ジェイソンがここにいる保証はない。ハワイまでのこの旅が無駄足にならないでほしい。

男性が電話に応えた。まったく聞き覚えのない声だ。ローラはできるだけ自信たっぷりに聞こえそうな口調で、ミスター・モンテフィオーレにつないでほしいと頼んだ。「個人的な急ぎの用なんです」個人的だと言えば、少なくとも相手の興味を引けるのではないかと期待した。

「少々お待ちください」男性がそう言ったあと、音が途切れた。早く出て。ローラはいらだたしげに急《せ》き立てた。汗ばんだ手を交互にコットンパンツでぬぐった。ジェイソンはローマ法王ではない。どうしてこんなに時間がかかるの？

「はい？」別の男性の声が聞こえ、ローラはそっけない返事から人物を特定しようと努めた。ジェイソンでないのは確かだが、聞き覚えがある気がした。

「あの……」ローラはごくりと唾をのみ込んだ。「ミスター・モンテフィオーレと話したいんですが。私は……ローラ・ハイトンです」

「ローラ！」その声が驚きをあらわにした。あたたかみのある母音の発音が彼女にヒントを与えた。

「フィルね？」相手のはっと息をのむ音が聞こえた。

「フィル・ローガンでしょう？　そう、ローラよ」

ローラは大きく息を吸い込んだ。「ジェイソンは？」

「どこにいるんだ、ローラ？」彼女の問いには答えず、フィルは質問を返した。「声がはっきりと近く聞こえる。君はここに、オアフにいるのか？」

ローラはためらったが、あきらめて答えた。「そうよ、二時間前に着いたの。フィル、今すぐジェイソンと話をする必要があるの。もし彼がそこにいるなら、電話に出してくれないかしら」

しばし沈黙があり、フィルが再び口を開いた。

「ジェイソンは君がここに来たことを知っているのか？」わずかながら声が冷ややかさを帯びた。「なんの用があってホノルルに来た、ローラ？　言っておくが……彼が君に会うとは思えない」

ローラは唇を引き結んだ。「ここに来た理由は、ジェイソンに直接言うわ。とても大事な用件なの。彼にそう伝えて」

またしても沈黙があった。ローラは胃が不快に締めつけられた。今朝からほとんど何も食べていないからだろう。けれど、フィル・ローガンの態度にいらだちを感じるのも事実だった。ジェイソンに何か期待する権利がないのはわかっているけれど、彼のクラブの従業員に邪魔されるのが腹立たしい。

「僕からジェイソンに取り次ぐことはできない。なぜなら彼はここにいないからだ」ようやくフィルが答え、ローラはため息をついた。

「つまり……彼はアパートメントにいるの？」

「ミスター・モンテフィオーレはもうホノルルに住んでいないんだ、ローラ」フィルがしぶしぶながら答えた。わざわざ姓を使って呼ぶことで、どんな愚か者でもわかるような予防線を張った。「彼は……その……君が泊まっているホテルの住所と電話番号を教えてくれないか。君の伝言を伝えるよ」

顎が震え、ローラは歯を食いしばった。私がジェイソンの豪華なアパートメントに住んでいたころ、フィルはクラブのバーでビールを給仕していた。なのに、必死に施しを求める取り巻きか何かのように扱われるなんて。

「ありがとう」彼にいらだっても意味はない。「カプラニ・リーフ・ホテルに滞在しているの。ハレイワ通りに面していて――」

「場所はわかる」フィルはメモをとっているらしく、早口で答えた。ローラは憤りを押し殺した。

「部屋は四〇九よ」そう言い添えると、ホテルの選択を批判される前に電話を切った。

受話器を置いたとき、ローラの体は震えていた。フィル・ローガンは私がジェイソンに捨てられたかのような態度だった。でも、現実は違う。ジェイソンが部下にそう言ったのだろうか？　彼が私を捨てたのだと？

ローラはベッドから立ち上がると、思いがけず冷えてきた腕を両手でさすりながら、落ち着かない気分で開いた窓に近づいた。今夜ジェイソンと話すのは無理だろう。伝言は伝わらないかもしれない。二十四時間たっても連絡がなかったら、彼をさがす別の方法を考え出さなくては。でも、どうやって？　フィルはどこにジェイソンが住んでいるかも教えてくれなかった。アメリカ本土にいる可能性もある。

何か食べ物を口にして、コーヒーを何杯か飲めば、きっともう少し今の状況に立ち向かう気分になれるだろう。この旅は無駄足だったのではないかという恐ろしい疑念が頭をもたげた。しかもピアースは、私が一週間以内に戻らなければ首だと言っていた。

ローラはバルコニーに出ると、手すりに両手を置いて、下の通りを見下ろした。歩いている人はほとんどいないが、カラカウア通りとカピオラニ通りのあいだを行き来する車はかなり多い。

ピアースは最初からサンフランシスコ行きに反対

していた。ローラがパメラのアパートメントから妹が病院に搬送されたと電話で伝えたとき、彼はあまり同情を示さなかった。ピアース・カーヴァーは常に自分の思いどおりにする人だ。そして最新作を執筆中の大事なときに秘書を失うことは望んでいない。

ローラはため息をついた。十五冊の長編小説を書き、心理サスペンスの大御所と言われるピアースは、何があろうと生き残るだろう。けれど、パメラは違う。ピアースはしばらく口述筆記用の録音機に我慢しなければならない。それがうまく使いこなせなければ、彼はほかの手を打つ。そこにローラの解雇が含まれるかはわからない。ピアースは芸術家肌で、かっとなりやすく、思ってもいないことを怒りにまかせて言う傾向がある。もちろん、ローラも自分が取り替えのきかない存在だとは考えていない。けれど、三年近くピアースの下で働き、彼の特異な性格をよく心得ていた。

ローラがパメラからかかってきた電話について話したとき、ピアースはうろたえていた。〝私を見捨てていくなんてできないはずだ、ローラ〟彼は泣き言を言った。〝私たちはこの作品のもっとも重要な部分に差しかかっている。君の妹がどんな絶望の泥沼に落ちようと、私に対する君の義務を阻むのは許されない。彼女は子供じゃないんだ。二十一歳を超えている。君は姉であって、母親じゃない！〟

その後も似たような言葉が続いたが、ローラは耳を傾ける余裕がなかった。飛行機を予約してタクシーを呼び、荷造りした。これほど唐突に出発するのは申し訳ないと思った。ピアースはローラに頼りきっている。だが、パメラもまた姉を頼りにしていた。妹を心配する思いが、良心の呵責《かしゃく》に打ち勝った。

パメラから電話があったとき、イギリスにいてよかった。それまではピアースと一カ月にわたってエクス・アン・プロヴァンスに滞在していた。彼が別荘を借り、そこで最新作の執筆に取り組んでいたからだ。ところがその場所にも飽きがきて、彼はロンドンに戻ろうと言い出した。あとになって、その決断を悔やんだに違いない。

〝私が二人の共同作業をどんなに楽しんでいるか、君もわかっているだろう〟ローラが録音機の話を持ち出したとき、ピアースが反論した。〝君の反応が確かめられなくて、どうして執筆がうまくいっているとわかる？〟

〝私が来る前は、一人で問題なかったでしょう〟

〝確かにそうだ〟ピアースは不機嫌そうに認め、腕組みをした。〝失業中で、喉から手が出るほど君の仕事を欲しがっている秘書は山ほどいる〟

許可が得られなくとも、とにかく一週間仕事を休むと伝えたとき、ローラは一抹の不安を感じた。ピアースは当てつけがましく後任をさがし出すかもしれない。ローラとしては、ピアースが後任選びに苦労することを祈るしかなかった。そして自分の不在中に、彼が事情を理解してくれればいいと願った。

不安といらだちを感じつつ、ローラは寝室に引き返した。病院だ。突然思い出した。病院に電話して、パメラの様子を問い合わせなければ。よくなるとドクターは保証してくれたが、妹の精神状態はかなり不安定で、完全に信じる気にはなれなかった。

マウント・ラシュモア病院の夜勤スタッフが、パメラは経過は良好で、今は眠っていると伝えた。血中に残る薬物も減少し、精神的にも安定したと証明されれば、数日で帰宅が許されるだろうという。

「ただ、妹さんの場合は精神的な状態をチェックする必要があるでしょう。また同じことを繰り返す可能性があるのはご存じですね？」

それはわかっている。ローラは緊張して受話器を置いた。だからこそ、私はホノルルに来たのだ。妹のために、ジェイソンに再び連絡しようと思った。

もちろん、ジェイソンとマイク・カザンティスの関係はパメラには言っていない。マイクはもはや手紙の住所にはいないとパメラから聞き、ジェイソンに頼るしか選択肢はないように思えた。妹にはジェイソンが力になってくれると約束したが、どうやら疑わしい。それでも、妹の絶望の表情を見て、どんなことでもしようと心を決めた。たとえジェイソン・モンテフィオーレに頭を下げることになっても、やり遂げるつもりだった。

ローラはじっとしていられず、バッグを取り上げて部屋を出た。今夜はジェイソンからの連絡はなさそうだ。彼が伝言を受け取ったとしても、急いで連絡を取ろうとは考えないだろう。ローラから電話があったことさえ知らないままかもしれない。

階下のカフェは混雑していたので、明るいカラカウア通りに向かった。比較的静かなホテルの部屋にいただけに、ワイキキの大通りはずいぶんと騒々しく感じられた。それでも、不安な心を麻痺《まひ》させるためには、うるさいほうがありがたい。

ファストフードの店を見つけて、ハンバーガーとコーヒーを注文した。トレイを座席に運び、なんとかハンバーガーをのみ込もうとしたが、なかなかうまくいかない。パンの表面の胡麻《ごま》を取り除きながら、ジェイソンに門前払いをされた場合、フィル・ローガンはマイク・カザンティスの居場所を教えてくれるだろうかと考えた。それとも、ジェイソンから厄介な質問には答えるなと言われている？　ジェイソンがマイクとパメラの関係を知っている可能性はある。彼は妹を動揺させたくないだろう。いずれにしても、マイク・カザンティスとその妻がこの島に住んでいるとは思えない。マイクはジェイソンの父親の下で働いている。ローラの知るかぎり、マルコ・モンテフィオーレは息子の領域には近づかなかった。

ローラは唇をゆがめた。いったいどうしてパメラはモンテフィオーレ家とかかわりを持ったのだろう？　パメラはモンテフィオーレ家とマイクの関係を知らないはずだ。ミセス・ゴールドスタインの理学療法士として、顔を合わせる機会があったとも考えられる。何も知らずにパメラがマイク・カザンティスに夢中になったのかもしれない。マイクは私とジェイソンの関係を口にしないだろう。

ローラはハンバーガーを脇に押しやると、プラスチックのカップを取り上げて、コーヒーを味わった。開いたドアの向こうの混雑した通りをぼんやりと眺めながら考えた。ジェイソンにも義理の弟にも会えなかったら、次に何をすべきだろう。ジェイソンと直接話ができたとしても、彼が助けてくれるだろうか？　彼に何を期待しているの？　マイク・カザンティスは妹の夫なのだ。妹のアイリーンよりパメラの幸せを優先するなんてとても思えない。

必死に考えたせいで、頭が痛くなってきた。カザンティスに会うことは正しい道なのだろうか。パメラに分別があれば、そして元気になった時点で彼女がイギリスに戻るつもりでいるなら、もっと簡単に問題は片付いたはずだ。片親だけの家庭は珍しくはない。場合によっては、養子斡旋《あっせん》所がいい家庭を見つけてくれるだろう。

ところが、パメラには分別がなかった。意識を取り戻した彼女は、ベッド脇で待っていた姉にこう主張した。〝きっと何かの間違いよ。マイクは私を捨てたりしない。ありえない！　何かあったのよ。病気になったとか、事故にあったとか。事情のわかる人がいてくれたらいいのに。マイクがどこにいるか知っている人はいないの、ローラ？〟

どんなつもりでパメラがそう尋ねたのか、ローラにはわからない。ジェイソン・モンテフィオーレとの関係を打ち明けたことは一度もないからだ。もしかしたらパメラは、突然姉がハワイからロンドンに戻った理由に疑いを持ったのかもしれない。なんであれ、ローラは妹のためにどんなことでもしようと決意した。だからこうしてハワイに来たのだ。けれど、時間を無駄にしているという思いは徐々に強まるばかりだった。

翌朝になっても状況が上向きになっているとは思えなかった。夜もよく眠れなかった。病院に電話してパメラの様子を確認したあと、今後について考えた。もう一度クラブに電話することもできるが、期待はできない。それに朝のこの時間は、掃除係しかいないだろうし、彼らが情報をもらすとは考えにくい。もしかしたら、悲観的になりすぎているかもしれない。ジェイソンから電話がかかってくる可能性もある。まだ時間はあるのだから。

シャワーを浴びているときに電話の音が聞こえた。体にタオルを巻いて、バスルームから飛び出したが、頼んでもいないモーニングコールだった。機械的な声を聞いて、目の奥に涙がこみ上げるのを感じた。

昨夜と同じシャツとコットンパンツを身に着けたあと、鏡の前に立って、髪を三つ編みにまとめた。自分の顔を見る気にはなれなかった。ロンドンでパメラの電話を受けてから、ろくに眠っていないのがはっきりと表れている。とはいえ、ジェイソンの目にこの姿がどう映るか、考えずにはいられなかった。そこから導かれた結論はうれしいものではない。背は高すぎるし、痩せすぎている。それに美人でもない。ジェイソンのクラブで働いたり、バーをうろついて彼の注意を引こうとしたりする女の子たちとはかけ離れている。彼女たちには一つ共通点がある。自分の魅力に対する揺るがぬ自信だ。

ローラは両手を力なく脇に下ろして、ため息をついた。最初から、私のどこがジェイソンの興味を引いたのか疑問を抱いていた。だから彼に注目されて、無邪気に舞い上がった。そうでなければ、もっと早く彼の真の姿に気づいていたに違いない。

ローラはかぶりを振った。過去は変えられない。それに今はピアースと出会って、新たな人生を築きはじめている。実際、ジェイソン・モンテフィオーレについて考えない日だってあるのだ。

八時になったところで階下のカフェに下りて、コーヒーを頼んだ。メニューにはそそられなかったが、空腹でいてもいいことはないと考えて、スクランブルエッグとトーストを注文した。残さず食べようと努力しながら、周囲の客を見渡した。ビーチでどんなビキニを着るかくらいしか悩みがなければ、どんなにいいだろう。ローラの白い肌は、ここではかなり少数派だ。こんな目立ち方はありがたくない。

食べ残した卵の皿をウエイトレスが片付けたあと、ローラは三杯目のコーヒーを飲み、今後について考えた。ジェイソンから連絡があるかもしれないので、ホテルから離れないほうがいいだろう。そして昼までに電話がなかったら、直接クラブに行くかどうか決めなければならない。

フロント係に電話があるかもしれないと伝えてから、小さなプールのそばでくつろぐ宿泊客の中に交じった。ラウンジチェアに腰を下ろすと、ほかの人たちと同じようにのんびり過ごすふうを装った。

ときおり花柄のビキニにそろいの布を腰に巻いた現地の女性が飲み物を勧めに来たが、ローラはそのたびに断った。そして四度目に人の影が太陽をさえぎったとき、いらだたしげに顔を上げた。

「ありがとう、でも……」そっけなく言いかけたとたん、喉がからからになって言葉が出なくなった。

「まさか……ジェイソン！」あわてて立ち上がったが、膝に力が入らない。ラウンジチェアをはさんで、ローラはジェイソンと直接向かい合っていた。

2

「やあ、ローラ」

ジェイソンの声は冷ややかで、口調はよそよそしくそっけなかった。ローラがハワイに来たことにも驚いていないようだ。一方、金色の瞳は皮肉な輝きを放ち、顔にはかすかに警戒の表情が浮かんでいる。

「私……電話があると思っていた」ジェイソンの危険な磁力に引きつけられ、ローラは口ごもった。

「したよ」彼は短く答え、体の重心を片方の足からもう一方へと移した。彼はずいぶん年取ったように見えると、ローラは唐突に気づいた。日に焼けた顔にはしわが増え、撫《な》でつけた髪にもグレーの色がちらほらと交じる。「君はいなかった」彼はそう付け加えながら、背後をちらりと見た。男性が二人、プールサイドのバーで手持ちぶさたにしている。

ジェイソンは一人で来たのではなかった。もちろん、彼ほどの人ならボディガードが必要だろう。彼はここだけでなく、アメリカ本土にも多くの敵がいるのだから。

「ゆうべ、電話した」ジェイソンはローラの表情の変化を見て取り、先を続けた。「フィル・ローガンが至急の用件だと言っていたから」

「私は……なぜ……もういや！」ローラは乱れる思いをまとめようとした。「彼は……フィル・ローガンは、あなたが私に会うとは思えないと言ったのよ。きっと私が散歩に出ていたときだったのね。伝言を残してくれればよかったのに」

「そうだな」ジェイソンが冷ややかに言った。「そう、確かに伝言を残すべきだった。とにかく、今はここにいる。どこか話ができる場所をさがそう」

「ああ……そうね」ローラは周囲を見まわした。少なくとも十人の目が興味深げにこちらを見ている。ジェイソン・モンテフィオーレのような男が、とりたてて特徴のない、色が白いだけのイギリス女になんの用があるのか不思議に思っているに違いない。

「僕と一緒に来ることに異存はないと思うが？」ホテルのロビーに向かいながら、ジェイソンが尋ねた。

「あなたと一緒に？」ローラはぼんやりと問い返した。ジェイソンの上質のベージュのスーツと比べて、自分がどれほど見劣りするか強く意識させられる。

「船を使おうかと思ったんだ」彼は礼儀正しくローラを先に立たせてホテルの中に入った。「ここだとほとんど話ができない」

「どうして？」ローラが振り返ったとき、三つ編みが肩の上で大きく揺れた。ジェイソンの唇が開いて、笑みを形作る。

「ヨットを使おう」彼はなめらかな足取りでロビーを進み、ローラのために大きくドアを開いた。「会いたいと言ったのは君なんだ、ローラ。せめて場所くらいは僕に選ばせてほしい」

あとからついてくる二人の男性を意識しつつ、ローラもしかたなく太陽のもとに出た。舗道の縁でシルバーのメルセデスベンツが待っていた。

ジェイソンが先に階段を下り、シャツの襟のボタンをはずしてネクタイをゆるめた。制服を着た運転手が現れて、車のドアを開けた。

「乗って」ジェイソンがぶっきらぼうに言った。その目は彼女の向こうの二人の男たちに向けられている。ローラは不本意ながらも車に乗り込み、ジェイソンが男たちに命令する声に耳を閉ざした。隣で座席が彼の重みで沈んだときも、そちらを見なかった。

ドアが閉まると、ただちに車内のエアコンがローラの肌を冷やした。運転席と後部座席をさえぎるガラスの仕切りが上がり、閉ざされた空間に二人きりになった。彼と一緒に車に乗った最後のひとときを思い出さずにいられない。あのときも二人のあいだはこんなふうに険悪だった。だが、同時に突き動かされるような親密さもあった。ジェイソンのことはよくわかっていた――というか、少なくともローラはわかっていると信じていた。

「いつ着いたんだ？　昨日？」ジェイソンが尋ねる。

「昨日の午後よ」ローラは彼のほうを向いた。痩せたようだが、奥まった目と薄い唇は相変わらずセクシーだ。張りつめた肌はその顔に力強さと個性を与えている。イタリア人の血は、そのつややかな黒髪から明らかだ。

「ロンドンから？」ジェイソンがさらに問いかけた。片脚を上げて脚を組んだとき、上質のズボンの生地が腿の上でぴんと張った。

「いいえ」ローラはそっけなく答えると、彼が無意識に発する性的な魅力から目をそむけ、運転手の頭をじっと見つめた。二人のボディガードは別の車に乗っているようだ。

ジェイソンはそれ以上何も言わず、わずかにシートの上で腰をずらすと、組んだ脚の上にほっそりした手を置いて、スモークガラスの向こうを陰鬱そうに見つめている。

マリーナに着くまで長い時間はかからなかった。その数分後には、たくさんのヨットが係留されている場所に到着した。メルセデスは駐車場で止まったが、運転手が降りてドアを開けるより早く、ジェイソンが先に降りていた。

「四時に迎えに来てくれ」彼は茶色のシルクのシャツの袖口を持ち上げると、金の腕時計を一瞥《いちべつ》した。「それよりも早ければ、電話する」

「かしこまりました」運転手が敬意を払って大げさに帽子に手を当てた。するとジェイソンの痩せた顔にちらりとおもしろそうな表情が浮かんだ。再会してから初めて見せる顔だった。

彼は助手席側のドアを開けて手を差し出したが、ローラは誰の手も借りずに車を降りた。ジェイソンは無言でドアを閉め、彼は車が走り去るのを待ってから、桟橋のほうに向かって歩き出した。彼の長い歩幅に追いつくために、ローラは小走りになった。

ジェイソンは、ローラが自分の背の高さを意識せずにすむ数少ない男性の一人だった。すらりとした彼は、優にローラの十五センチは高い。ローラはまずジェイソンのそこに注意を引かれた。そして物憂げな目の輝きに。十歳の年の差は気にならなかった。

ジェイソンのヨット、ローラ・Mは突堤の一番先に係留されていた。きっとヨットは買い換えただろうと――あるいは名前を変えただろうと、ローラは思っていた。だが、全長二十五メートルの大型ヨットは今も白い船体が美しく輝いていた。コットンセーターと白のショートパンツ姿の男性がすでに船に

乗り、手すりにもたれて隣の船の乗務員と話していた。彼はジェイソンを見て、ぱっと体を起こした。その人物に気づいて、ローラの唇が開いた。ローラ・Mの船長アレック・カウレイだ。

「おはようございます、ミスター・モンテフィオーレ」礼儀正しく挨拶し、持ち上げた帽子をはげた頭に戻す。「今日お見えとは思いませんでした」

「僕もそのつもりはなかったんだ、ミスター・カウレイ」ジェイソンがそっけなく返した。「かまわないでくれ。ほんの二、三時間いるだけだから。船の上で食事はできるかな？」

「大丈夫です」がっしりしたスコットランド人は混乱した表情で断言した。それから彼はローラを見た。

「なんと！　信じられない！」

「お久しぶり、ミスター・カウレイ。変わりなかった？」ローラはジェイソンのあとから船に乗り、おずおずと尋ねた。「また会えてうれしいわ」

「私もうれしいですよ」アレック・カウレイは熱をこめて言うと、困惑顔で船の持ち主を見た。「料理は二人分ですか、ミスター・モンテフィオーレ？」

「まかせる」ジェイソンがきっぱりと答え、ローラに考え込むような視線を向けた。「手間をかけなくていい。ミス・ハイトンは長居しないから」

ローラはむっとして唇を引き結び、ジェイソンのあとからぴかぴかの階段を下りた。私がこの島に来た理由をジェイソンが知っているのは間違いない。だから、わざわざここに連れてきた。この場所が私に何を思い出させるか承知しているからだ。初めてジェイソンと愛を交わしたのは、このヨットで海に出たときだ。内部についてもよく知っている――寝室は三つで、上と下に広いサロン、設備の整った厨房《ちゅうぼう》がある。広い船内だが、乗務員は三人もいれば充分だった。帆を張っていないときには強力なジーゼルエンジンを使うからだ。

ジェイソンは前方のサロンに入った。美しい内装の居間だ。クッションのきいた長椅子に板張りの壁、ふかふかのカーペットが敷いてある。三方が窓で、正面は帆走中はさえぎるものがなく、景色が楽しめる。ローラは月の輝く夜を思い出した。ジェイソンと二人きりで夕食をとったあと、ここに座って星降る美しい夜を満喫して……。

「何か飲むかい？」ローラが思い出にひたっているあいだに、ジェイソンが備えつけの棚を開けて中を確認していた。「ジン？　スコッチ？　ウオツカ？　それともチチを作ってあげようか？」彼はローラが好きだったこの島のカクテルの名を挙げた。

「何もいらないわ。ありがとう」ローラは緊張した声で答えると、長椅子に腰を下ろして両膝で手をはさんだ。「その……用件を早くすませてしまいたいの。あなたも私が来た理由を知っているでしょう」

早い時間にもかかわらず、ジェイソンは自分のためにスコッチをつぎ、氷をいくつか入れると、グラスの縁越しに彼女を見つめた。「察しはついている」皮肉っぽく認めると、大きく一口あおった。

ローラは頬を赤らめた。「私……感謝しているのよ……あなたがこうして会ってくれたから」

ジェイソンがグラスを下ろし、ばかにしたように問いかけた。「僕が会わないとでも？」

ローラは顔を伏せて膝の上の手を見つめた。「その可能性もあると思ったわ。さっきも言ったように、フィルはそう思っていたみたいで……」

「彼は僕たちが別れたと知っている。だから勘違いしたんだろう」

ローラは目を上げてジェイソンを見た。「つまり……彼はあなたが私に飽きて捨てたと思っている。そういうこと？」

「とにかく、君はここにいる。そうだろう？」ジェイソンがそっけなく言った。「これは大きな意味を持つ。フィル・ローガンにとっても」

ローラは眉をひそめて彼の言葉を考えた。「あなたは……とても寛大ね」不本意ながらそう言った。「どう……言ったらいいかわからない」

「何か思い浮かぶだろう」ジェイソンは辛辣に言い放ち、スコッチを飲み干した。「僕を見捨ててから何をしていたか話してくれないか。知ってはいるが、君の口から聞きたい。お互いを理解するために」

ローラは息をのんだ。「どういう意味？　私が何をしていたか……知っているの？」

ジェイソンはため息をついた。「それは今すぐ話さないといけないことかな？」

「ええ、私はそう思う」

「わかった」彼はグラスを置くと、ローラの前に立ちはだかった。「だがその前に、商品の味見をしたい。つまり、三年もたったんだ。以前は君の魅力を過大評価していただけかもしれない」ローラがその言葉の意味がわからず、動けずにいると、ジェイソンが彼女の手首をつかんで、ぐいと立ち上がらせた。ローラがうなじを押さえる熱く力強い指に気づいたときには、唇が重なっていた。驚きと憤り、パニックはあっという間に消えて、混乱したまま彼の舌を受け入れていた。

ジェイソンのもう一方の腕がローラの体にまわり、さらに引き寄せる。ローラを正気に戻したのは、指先に触れた彼のシャツだった。ジェイソンは逆らわずに彼女から手を離した。ローラは自分のショッキングな振る舞いにうろたえた。無意識に応えていたのはジェイソンも感じ取ったに違いない。

「よくも……こんなまねを！」呼吸が整うと、ローラは言い放った。その言葉を受けて、ジェイソンの目に用心深い光が差した。

「こんなまね？」ジェイソンは彼女の言葉を繰り返した。「君は何を期待していた？　謝罪か？　悪いが、謝罪するようなことは何もない」

ローラは目をしばたたいた。「いったいなんの話？」

ジェイソンが重いため息をついた。「ローラ、そういう駆け引きはやめにしないか？　君はここに来た理由を知っているし、僕も知っている。確かに、僕は早合点したかもしれない。だが、君もこれを望んでいた。それは否定できないはずだ」

ローラは息をのんだ。「ちょっと誤解が……」

「誤解？」

ローラは唇を舌先で湿らせた。「あなたがパメラの状況をどんなふうに……利用できると思ったかわからないけれど……少なくとも私は……」

「待ってくれ！」ジェイソンは厳しい声でローラの言葉をさえぎった。「パメラとは誰だ？」

「パメラが誰かは、あなたも知っているでしょう」

ローラは声を荒らげた。「パメラ・ハイトン。私の妹のパメラよ。あの子とマイクのことを知らないなんて言わせないわよ」

ジェイソンは一歩下がった。なおもローラを疑い深げに見つめている。「妹のパメラ？　なんだって僕が君の妹のことを知っているんだ？　それにマイクだと？　どこのマイクだ？」

「マイク・カザンティスよ！　マイク・カザンティスが誰なのかは知っているでしょう？」

ジェイソンは唇を引き結んだ。「君の妹がマイク・カザンティスと関係があると言っているのか？」

そのきつい言葉に、ローラはうなずいた。「でも、あなたも知っているはずよ。そうでなければ、どうして私に会う気になったの？　私たちの不幸を嘲笑《あざわら》うつもりでいたなら別だけれど」

「僕のことをそんなふうに見ているのか？」ジェイソンが憂鬱そうに言った。「なるほど、君は本当に僕がそんなまねをすると思っていたんだな！」

ローラはすっかり困惑していた。ジェイソンの静かな言葉には、確かな真実があった。でも、彼が義理の弟の浮気について何も知らないなら、なぜ私がここに来た理由を知っていると言ったのだろう？

「これでもう……あなたも知ったということね。パメラは今、サンフランシスコの病院にいる。睡眠薬を多量にのんだからよ。命は取りとめたけれど、この先どうなるかはわからない」

ジェイソンは興味深げに首を傾け、カウンターに引き返した。それから二杯目のスコッチをグラスにつぎ、大きくあおってから再びローラに向き直った。

「まだ……十一時かそこらで」ローラは抑えきれずに口走った。「そんなに……飲んでいいの？」

ジェイソンが唇をゆがめた。「よくないさ。だが、これは僕の問題で、君には関係ない。君の妹の話を続けてくれ。なぜ、どうなるかわからないんだ？」

「あの子が妊娠してるからよ」ローラは両手をぴったり合わせた。「それにマイクに捨てられたから」

「捨てられた？　彼は君の妹の問題を知ったとたん、逃げ出したというのか？」

ローラは目をしばたたいた。「妊娠について彼は知らない。少なくとも、私はそう思っているけれど」妹に尋ねるなど考えもしなかった。

「彼は知っていたと思う」ジェイソンはそっけなく言い返した。「カザンティスが本当に父親なら」

「どういう意味？」ローラはむっとした。「パメラはそんな嘘《うそ》をつく子じゃないわ！」

「彼女はマイクの子供だと言ったのか？」

「ええ」ローラは震える息を吸い込んだ。「あなたは彼がどこにいるか知らない？」

「カザンティスが？　今どこにいるか？」ジェイソンは肩をすくめた。「そう……ヨーロッパかな」

「ヨーロッパ？」ローラは青ざめた。「ヨーロッパのどこ？」

「イタリアだ」ジェイソンは空になったグラスをカウンターに戻した。「少なくともアイリーンはそこにいる。だから……」

「イタリアですって？」ローラの肩が落ちた。「ああ、そんな！　どうしてそんなところに？」

「彼が本当にそこにいるとは言っていない」ジェイソンが平然と言った。「だが、アイリーンはイタリアだ。祖父母に会いに行っただから。それに父は、付き添いなしで妹が出かけるのをいやがる」

ローラは背後の椅子に力なく座り込んだ。「いつまであちらに？　二人はいつ戻るの？」

「一カ月先か、あるいは二カ月先かもしれない。誰にもわからない」ジェイソンは肩をすくめた。「僕は妹のお守りじゃないからな」

ローラは両膝に肘をのせて頬杖《ほおづえ》をついた。「ああ、そんな！」むなしさに襲われて、もう一度繰り返す。

「どうすればいいの？」

突然ドアが開いて風が吹き込み、ジェイソンが出ていったとわかった。ローラはサロンに一人残され、もう打つ手がないと気づかされた。

立ち去るべきなのだろう。結局のところ、ジェイソンはできることをしてくれた。マイク・カザンティスの居場所を教え、ローラの話を信じた。義理の弟が浮気したと聞いても、怒りをあらわにすることもなかった。ローラはただ時間を無駄にしているだけ。しかもジェイソンの時間も無駄にしている。パメラにはマイクが既婚者だと伝え、自殺は無意味だと言い聞かせなければならない。イタリアで妻と一緒にいるとなれば、マイクが離婚する可能性はないだろう。ローラはアイリーンに会ったことがあるが、彼女は若く、とても美しい。それにマイクの義理の父親は裕福で力のあるマルコ・モンテフィオーレだ。

ジェイソンが最後の頼みの綱だったと考えて、再び疑問がわいてきた。どうしてジェイソンは私がハワイにいる理由がわかっているなどと言ったのだろう？　私は何か見過ごしていた？　なぜ彼は私にキスしたの？　ジェイソンから怒りをぶつけられるだろうと覚悟はしていたけれど、情熱は予想外だった。

ローラは震える指で唇をなぞった。今でも彼の愛《あい》撫《ぶ》には体をとろかしてしまうほどの力がある。

ジェイソンが再び現れ、琺瑯《ほうろう》のカップを差し出した。「さあ」カップをローラの手に押しつける。「君はこれが必要な顔をしている」

「なんなの？」愚問だった。挽《ひ》いた豆のいい香りが漂ってくる。

「ただのコーヒーさ」ジェイソンはジャケットを脱いで、ネクタイを引き抜いた。「頼むから飲んでくれ。僕は女性に薬を盛るほど落ちぶれてはいない」

ローラは素直にコーヒーを飲んだ。ジェイソンは前方の幅広の長椅子にどさりと座ると、陽光が降りそそぐ入り江をじっと見つめていた。

「何があったか話してくれ」ローラが落ち着いた頃合いを見て、ようやくジェイソンが口を開いた。

「君の妹はどうやってカザンティスと知り合った?」

「知らないわ」ローラは唇を噛《か》んだ。「妹はサウサリートで働いている――いいえ、働いていたの。でも、サンフランシスコにアパートメントがあった」

「いつから?」

「一年半前からだと思う。あの子はロンドンで理学療法士の資格を取って、海外に出たいと望んでいた。私はアメリカ行きを断念させようと説得したのよ」ローラは手元のカップを見下ろした。「私はいつもあの子がずいぶん幼いような気がしてならなかった。二つしか違わないのはわかっているけれど……ずいぶん年上のように感じていたの」

「だから妹を危険な外の世界に出したくなかった」

ジェイソンは苦笑し、開いた襟の内側に手をすべらせた。さらにシャツのボタンがはずれた。「それで……彼女はカザンティスに会った。どうして君は警告しなかった?」

「警告ですって?」ローラはジェイソンに目をやり、居心地が悪くなった。彼の無頓着な仕草で、日に焼けたなめらかな胸と硬い先端があらわになっている。

「私は知らなかったのよ」

「彼女は君に手紙をよこさなかったのか?」

「いいえ、手紙はくれたわ」ローラは彼から目をそらし、自分の話に意識を向けようと努めた。「ただ、マイク・カザンティスと付き合っていることは書かれていなかったというだけ。それに……そもそも妹は彼が誰なのか知らなかったでしょうし」

「彼が誰か?」

ローラは落ち着かない気分で身じろぎをした。

「あなたの義理の弟で、アイリーンの夫だってことを。私と……あの子は……私たちは一度もあなたた

「私たちの関係を話題にしなかったから」

ジェイソンはローラをじっと見つめている。「だが、彼女は僕を知っていたんだろう？　僕たちが一緒に暮らしていたことを知っていた。違うか？」

ローラは唇を湿らせた。「知っていたわ。私たちが……親しかったことを」

「僕たちが一緒に暮らしていたのは知っていたんだな？」ジェイソンがしつこく問いただした。

「それは重要じゃないでしょう」

「君がもっと正直に話していたら、彼女のほうも君を信頼して打ち明けていたんじゃないかな」

「私のせいだと言いたいの？」

「君は怖《お》じ気《け》づいて、妹に真実を語らなかったと言っているんだ。彼女も同じように感じてそうしたからといって、何を驚く？」

ローラはくすんと鼻を鳴らし、カップの上で顔を伏せた。「それはあまりに安易な見方だわ」

「僕は安易な人間だから」

「あなたは私が知る中で、安易な人間からもっとも遠いけれど」ローラは子供っぽく言い返した。「妹に何を話したかなんて、どうでもいいことでしょう？　パメラは妊娠しているのよ。それに私の到着が遅かったら、あの子は死んでいたわ」

ジェイソンはしばらく考え込んだあと静かに言った。「君はどうしてカリフォルニアに行ったんだ」

「パメラから電話があったからよ」ローラはカップを両手で包み込み、ぼんやりと宙を見つめた。「ちょうどエクスから帰国したばかりで……」

「南フランスだろう。知っている」

「電話がかかってきて……」ローラはそこでいったん言葉を切った。彼の今の言葉が妙に引っかかった。

「何かまずいことが起きていると感じたの」

「ただ感じたのか？」

「いいえ、違う」ローラは困ったように手を上げた。

「パメラの様子が変だったの。切羽詰まっていた。理由はわからなかったけれど、あの子がどうしようもなくて電話したというのはわかったわ」

「助けを求めて泣き叫んだとか？」

ローラは鋭く彼を見た。「私の話を信じないの？」

「いや、信じるよ。だが、客観的に見て、君の妹が自殺するほど切羽詰まっていたとは思えない。つまり、崖から飛び下りる前に、命綱をつけたんだ。もちろん、これはたとえだが」

「ずいぶんひどいことを言うのね」

「ローラ、薬の過剰摂取をした人間についての話は毎日のように聞いている。彼らのほとんどは、君の妹よりはずっとうまく思いを遂げている」

「あなたは……最低だわ！」

ローラはカップを置くと、よろめきながら立ち上がった。けれどドアにたどり着く前にジェイソンが立ちはだかった。「これが安易な見方だよ、忘れたのか？」彼はドアにもたれて避難路を断った。「僕はパメラが注意を引くためにそうしたなんて言っていない。だが、これはよくある手なんだよ」

「通してくれない？」ローラは両脇でこぶしを握りしめ、ジェイソンが脇にどくまで待った。

だが、彼は動かなかった。「いずれね」濃いまつげのあいだの琥珀《こはく》色の瞳は決意を浮かべている。「戻って座るんだ。話はまだ終わっていない」

「私のほうは終わったけど」

「僕の力を借りたいんだろう？」ジェイソンが物憂げに問いかける。彼の視線は、薄いシャツを押し上げる小ぶりな胸のふくらみから、コットンパンツに覆われた細い腰にすべり下りた。

「ほかに話すことなんてないわ」ローラは部屋の中央に引き返し、身を守るように自分の体を両腕で抱きしめた。「あなたは自分の考えをはっきりさせたでしょう。どうして私を引き止めるの？」

ジェイソンは体をまっすぐに起こしたが、ドアから離れなかった。「これからどうするつもりだ？　妹の恋人を見つけて、話をつけるもくろみは失敗した。パメラになんと言う？」

「わからない」ローラは疲れを感じて、かぶりを振った。「何か考えるわ。せめて私と一緒にロンドンに戻るよう説得できれば……」

「それができなかったら？」

「もう！」ローラはジェイソンに背を向けると、窓の向こうの青い海を見つめた。「なぜあなたが気にするの？　私たちがどんな暮らしをしようと、あなたにはなんの意味もないでしょう！」

「意味はある」

ローラは信じられないとばかりに肩越しに彼を見た。「なんですって？」

「聞こえただろう」ジェイソンは胸の前で腕を組み、そっけなく応じた。「そうでなければ、どうして別れたあとも君の動向を追っていたと思う？　ロンドンで君がどんなふうに暮らしているか、僕はすべて知っている。二年半にわたって、あの変人のピアース・カーヴァーと暮らしていることも」

ローラは口をあんぐり開けて、わずかに体の向きを変えた。「私は……ピアースと一緒に暮らしていないわ。私は彼の下で働いている。それだけよ。私たちのあいだに何かあると報告したのなら、あなたが雇った私立探偵は間違っているわ」

「彼の家に住んでいるじゃないか！」

「私の部屋があるのよ。フラットだって手放していないわ」ローラはむきになって否定した。「でも、これは私の問題よ。あなたに説明する義務はないわ。あなたには関係ないことだから。前にも言ったけど、もう一度言わせてもらうわ。あなたって最低よ！」

ジェイソンは眉をひそめてローラを見つめていた。「どうして彼はサンフランシスコまで君に付き添わなかった？　君の妹が心配じゃなかったのか？」

「どうして彼が心配するの？」ローラは怒りに震えていた。「もう！　信じられない！　あなたは私がハワイを出てからずっと私を調べさせていたの？」

ジェイソンはすぐには答えず、肩をすくめた。それから平然と言った。「僕は君を取り戻したいんだ、ローラ。だが、これは君もわかっているはずだ。僕は君と別れたくなかった。だから君はハワイに戻ってきたと僕は思い込んでしまった。ばかだったよ。君が考え直したかと――かつて君が言っていたような僕に対する思いが、その過剰な倫理感を凌駕《りょうが》したんだと勝手に想像したんだだから。僕は間違っていた。だが、誤りを認めても、何も変わらない。僕は今も君が欲しい。こうして再会して、改めて確信した。君を手に入れるためなら、どんな手も使う。たとえ君の妹を巻き込むことになっても！」

3

「まさか……本気じゃないでしょう！」

「いや、本気だ」ジェイソンの顔にかすかな自嘲的な表情が浮かんだ。「どうして疑う？　誰も――誰一人として、ジェイソン・モンテフィオーレと勝手に別れたりはできない！」

「そんなことで！」ローラははっと息をのんだ。「プライドが傷つけられたというのね」熱い言葉も今や嘲りの告白で冷めてしまった。

ジェイソンがうなずいた。「そう思いたいなら、それでかまわない」どうでもいいとでも言いたげだった。「君に夢中だなどと言い張って、ばかにするつもりはない」

「ええ、やめて」嫌悪感がわき上がり、ローラは肩を落とした。ほんの一瞬だったが、彼の告白に少しは気持ちがこもっているのではないかと信じかけた。「とはいえ、手助けはするつもりだ。君が同じことを返してくれるつもりならの話だが」

「私を脅しているの？」

「脅しているって？　違う。よくもそんなふうに考えられるな」ジェイソンは同じく揶揄《やゆ》するような口調で言い返した。「僕は解決策を申し出ているんだ。君の妹が失望してロンドンに戻るよりも、ずっと魅力的だと思えるような別の提案だ」

ローラは落ち着きなく身じろぎした。「よくわからないんだけど」

「わかるさ」ジェイソンは肩をすくめた。「ここでランチに付き合ってくれ。説明する」

「あなたがパメラの精神状態をましにできるとは思えないわ。あの子は絶望して、不安で……」

「それは彼女が妊娠し、一人ぼっちだからだ。今後の生活を支える手立てもない」ジェイソンはあっさりと言った。「つまりはそういうことだろう？　そして、彼女はカザンティスに会いたがっている」

「まあ、そういうことだけれど……」

「よかった」ジェイソンはローラの背後の長椅子を指し示した。「だったら、そこに座ってくれ。僕はアレックに十五分後に食事をとると伝えてくる。君はロブスターが好きだったね？」彼は眉を吊《つ》り上げ、その目にかすかに愉快そうな光がきらめいた。「そうとも、もちろん好きさ。忘れられるわけがない」

ジェイソンはドアを開けて出ていった。ローラはみじめな気分で長椅子に座り、クッションの房をもてあそんだ。彼はすべての答えを用意しているようだ。脅しではないとしても、欲しいものを手に入れるために、パメラを利用しているのは間違いない。

でも、どうして？　ローラは考え込んだ。なぜ今さら？　私に捨てられたから？　そんなことにも耐えられないほどつまらない人間だったのだろうか？　つまらないという言葉をジェイソンに結びつけたことは一度もない、もっとも、どれだけ彼を知っているると言えるだろう？　以前なら、ローラもジェイソンのすべてを知っていると答えただろう。好き嫌いも知っているし、公明正大なところ、ユーモアがわかるところ、彼が何に笑い、何に怒るかも知っている。彼は高潔な正義漢で、仕事においても誠実だ。部下や仕事相手からも尊敬され、好かれている。ジェイソンの別の部分を思い知らされるまで、ローラは彼に疑いを持ったことはなかった。

もちろんローラはジェイソンを愛していた。夢中だった。彼のような男性が自分に惹《ひ》かれるとは夢にも思わなかった。彼の下で臨時の秘書として働くことになったとき、同じ派遣会社の女の子たちにからかわれた。ジェイソンはルックスがよく、島でもっとも裕福な男性の一人だったからだ。彼女たちもローラ自身と同じく、彼がまさか脚が長いだけのイギリス娘に興味を持つとは思わなかった。取り柄といえば、腰まで届きそうなプラチナブロンドの長い髪くらいだった。顔立ちはきわめて平凡だとローラ自身もわかっている。日差しが強いとブルーの瞳はすぐに涙で潤んでしまうし、鼻はちっとも先がつんとしていない。それに口は大きく、ほんの少しだけ下唇のほうがふっくらしている。まつげは長いが、マスカラが必要で、体つきも豊満ではない。これまでの経験から、男性は目の高さが同じ上背のある女性より、抱きしめたときに腕にすっぽりおさまるような小柄で胸の大きな女性を好むものだ。

ジェイソンの場合、その背の高さと贅肉《ぜいにく》のない男らしい体格で、ローラを常に女らしい気持ちにさせてくれた。そして彼は昔から大柄な女性が好みだった。過去には大勢の背の高い女性たちと付き合ってていた。何人ものおせっかい焼きがローラにそういった情報を吹き込んだ。ジェイソンの別れた妻のレジーナは言うまでもなく、娘のルシアも……。

ローラは頭を振って、過去の記憶を振り払おうとした。ばかげている。考えるまでもない。私はずっとハワイにはいられない。ピアースは最新作を執筆中なのだ。私の生活も仕事もイギリスにある。

五年前はまったく状況が違った。あのころパメラはロンドンで名門の総合病院で研修を受けていて、看護師数人と共同でフラットを借りていた。ローラはボンド・ストリートの秘書の派遣会社から、半年間ホノルル支社に出向する機会を与えられた。ハワイで働くなんて、すばらしい息抜きだ。ローラは喜んでワンルームの部屋を引き払い、わずかな持ち物を貸倉庫に預けてハワイに飛んだ。だが、今はハイゲートのフラットに住み、そこに根を下ろした。もはやジェイソンに初めて会ったときの気ままな二十一歳ではない。それに、ピアースの仕事を失いたくなかった。仕事はおもしろいし、旅行する機会も得られる。その上、給料も高いのだ。ここには来るべきでなかった。パメラを救うはずが、みずからをどうしようもない状況に追い込んでしまった。

「アレックに日よけを出すよう頼んだから」ジェイソンの物憂げな声に、ローラは振り返って彼を見た。「デッキで食べるほうがいいかと思ったんだ」

あなたと食事などしたくないと言いたかったが、ローラはその言葉をのみ込んだ。ジェイソンの機嫌を損ねても意味がない。「いいわ」つまらなそうに言い、肩をすくめた。「でも、食欲がないの」

「僕も同じだ。僕の食欲は別の方向に向いているから」ジェイソンは感情を表さずに答えた。「もっとも、君はそれを利用する気がなさそうだ」

彼の不謹慎な言葉を受け、憤慨したローラの肌は熱くなった。その答えで充分だと言いたげに、ジェイソンは唇をゆがめた。

「やっぱりね」ジェイソンはカウンターのほうを向いた。「代わりにカクテルはどうかな。さっぱりしているが、あまり強くないものがいい。だめにしたくないんだ……興味深い付き合いになるとわかっているのに」

ローラはふいにパニックに陥り、ぱっと立ち上がった。「私……こんなこととても無理！　あなたが何を言おうとかまわない。私は脅しに負けないから。あなたがマイク・カザンティスをさがせないというなら、私は今夜サンフランシスコに戻るわ」

金属製のシェイカーにホワイトラムをつぎながら、ジェイソンが振り返った。「これはまた厳しい言葉だ」楽しげな表情はすっかり消えている。「言いたくはないが、君が僕のところに来たんだ、ローラ。僕が招いたわけじゃない。それに君を引き止める手段が手に入ったのに、どうしてふいにできる？」

ローラはごくりと唾をのみ込んだ。「無理に私を引き止めることはできないわよ」

「そうだな、それはできない」ジェイソンは認め、シェイカーにオレンジキュラソーをつぎ足した。「僕にもそんなつもりはない。ただ……君が立ち去るのを難しくするだけだ」

ローラは信じられない思いでジェイソンを見つめた。「よくもそんなまねができるわね」

ジェイソンは肩をすくめた。カクテルに必要なものを混ぜることに注意を向けている。「座って。話を最後まで聞いてほしい。それに、そんなに不安そうな顔をしないでくれ」彼の琥珀《こはく》色の瞳がローラに向けられる。「以前は僕とベッドに行くこともそんなに怖がらなかったじゃないか！」

ローラはあえぎ、ぱっと背を向けた。「あなたって……むかつく！」

「どうして？」ジェイソンはシェイカーのキャップ

を閉めると、激しく振った。「そのとおりだろう？愛し合うことに君が異を唱えた覚えはないけどね」

「あれは愛じゃないわ！」

「君にその違いがわかるのか？」ジェイソンは皮肉めかして尋ねてから、重いため息をついた。「いいかい、言い争いはしたくない。やり直すための下地は充分ある。今は運命を心配するのはやめて、マイタイを飲むんだ。未来はおのずと開ける。これまでそうだったし、今後も変わらない」

わけもわからず、ローラは冷たい飲み物を受け取っていた。おそらくアルコールの力を必要としていたのだろう。けれど、カクテルはおいしかった。それは認めなければならない。ジェイソンはまったく腕前が落ちていない……どんなことであっても。

デッキでは、白い上着を着た給仕係がテーブルをセットしたところだった。ガラスの天板の上に竹製のマットが敷いてあり、銀のカトラリーと清潔な白いナプキンが用意されている。中央にはスタージャスミンとフランジパニの花が飾られ、アイスバケットの中でドンペリニョンのボトルが冷えている。ストライプの日よけは穏やかな貿易風は通すが、日差しやマリーナにいるほかの人々の視線はさえぎっている。億万長者の隠れ場所ね。ローラはそう考えながら、デッキを横切るジェイソンのあとに続いた。

「ご満足いただけたでしょうか、ミスター・モンテフィオーレ？」給仕係の一人が丁重に尋ねた。一方、もう一人はローラをさぐるようにじっと見つめている。ローラがこの二人に会うのは初めてだが、彼らが考えていることは容易に想像できた。化粧もせず、安っぽい身なりのローラは、これまで彼らが見てきたゴージャスな女たちとはかけ離れているのだろう。

「これでいい、ありがとう」ジェイソンはおざなりだが儀礼的な笑みを返した。そしてローラが給仕係の引いた椅子に腰を下ろすまで待ち、自分は係の世話を断って座った。「あとは二人でするから」給仕係は明らかに失望した様子で立ち去った。

前菜はパパイヤと海老《えび》のカクテルだった。腰を下ろしたときには食欲がなかったローラだが、太陽の光と涼しい風、そして料理の香りは魅惑的だった。

ジェイソンがシャンパンの栓を抜いているあいだに、一口食べてみた。そして、あまりのおいしさにさらにもう一口味わった。バスケットの中には布に包まれた焼きたてのパンがあり、バターが氷の上にのせてある。結局ローラはパンを味わいたい誘惑にも負け、グラスに泡立つ液体をつがれるころには、食事を心から楽しんでいた。

ジェイソンはほとんど料理を口にしていないと、ローラは気づいた。ほっとしたことに、シャンパンもあまり飲んでいない。彼はただ、のんびりくつろぐだけで満足しているように見える。ローラの右側でグラスの脚をもてあそびながら、ママラ湾を渡る二艘《そう》のディンギーに目を向けている。

給仕係が現れて、使った皿を手際よく片付け、覆い付きの銀の皿を二人の前に置いた。覆いを取り上げると、ロブスターテルミドールにサフランライスが添えてある。「好きなだけ食べてくれ」ジェイソンの言葉に、ローラは小さくため息をつき、ロブスターの半分を自分の皿にのせた。

「あなたは?」勧めなければならない気がして、ローラは緊張した面持ちで尋ねた。

するとジェイソンはうなずいた。「ありがとう」

ローラは彼の膝の上に落とさずに、なんとかロブスターを皿にのせた。そして一口味わったところで、とうとう切り出した。「こんなのは、いきすぎだって思わない?」いったん言葉を切って、張りつめた声で続ける。「まさか私があなたのアパートメントに引っ越すなんて期待してないでしょうね? つまり……なぜ私なの? 女性ならほかにいくらでもいるでしょうに――」

「いくらいてもほかの女性など欲しくない」ジェイソンがフォークを脇に置いて言い返した。「僕は君が欲しい」彼はまっすぐローラを見つめている。その目に浮かぶあらわな情熱に、ローラは衝撃を受けた。「僕はとても行儀よく振る舞っているつもりだ、ローラ。急ぎすぎると、君は怖がって逃げてしまう。だが、僕の決意を疑わないでほしい。僕の意思は変わらない。信じてくれ！」

ローラは喉が締めつけられ、苦しくなった。「でも、どうして？　どうしてなの？」

「僕はもうアパートメント住まいじゃないんだよ、ローラ」ジェイソンはローラのグラスにシャンパンをつぎ足した。「ここから四百キロほど離れたところに家がある。カウラナイという島だ」

ローラは彼を見つめた。「カウラナイ？」かぶりを振る。「聞いたことがないわ」

「当然だ」ジェイソンは表情を変えなかった。「全長二十三キロ、縦に十一キロほどのほんの小さな島だから。だが、美しい。それに僕のものだ」

「あなたのもの？」ローラは乾いた唇を舌先で湿らせた。「島を所有しているの？」

「因果なことに」ジェイソンが苦笑した。

ローラは膝の上で両手を握りしめた。「それで……私にそこで暮らしてほしいと？」

「ずっとじゃない。今もニューヨークのアパートメントは手放していないし、ホノルルではホテルのスイートルームを押さえてある」

ローラは震える息を吸い込んだ。「それで、パメラについてはどうするつもり？　高いお金を払って中絶させるの？」

「もちろんそんなまねはしない」ローラの皮肉に、ジェイソンの口調が険しくなった。「だが、彼女がそれを望むなら、手配することはできる」彼はそこで言葉を切った。「いや、だめだ。僕は君だけでなく、彼女も支援するつもりだ」

ローラはかぶりを振った。「あの子は断るわ」

「そうかな？」ジェイソンはテーブルに頬杖《ほおづえ》をついた。「今、パメラは一人ぼっちで絶望的な状況にいる。仕事もなければ、金もない……」

「どうして妹に仕事がないと知っているの？　ミセス・ゴールドスタインはお払い箱にしてないわ。パメラは優秀な理学療法士なのよ」

「確かにそうだろう」ジェイソンは肩をすくめた。「だけど、自殺未遂というのはそう簡単に忘れられるものではない。ミセス・ゴールドスタインといったね？　彼女がそういう……心理的な問題を抱える者に治療されたいと思うだろうか」

ローラはため息をついた。「いいわ。あの子は厳しい状況にいる。それは私もわかっているの」

ジェイソンは再び椅子にもたれた。「これで僕たちも意見の一致を見たわけだ。説明しよう。君の妹は金の心配もなく、責任もない暮らしを手に入れる――ただし、自分で自分の面倒は見る。それに、この気候はロンドンよりいくらか魅力的だ」

ローラは汗ばんだてのひらをコットンパンツの膝でぬぐった。「私たちにカウラナイのあなたの家で暮らせと言っているの？」

ジェイソンの唇がゆがんだ。「まあ……ちょっと違うかな。それに、君にはもう少ししてほしいことがある――僕の家に住むだけでなく」

ローラは身震いした。「そんなのひどすぎる！」

「いずれわかるさ」ジェイソンは平然と言った。

「どうかな？　これで決まりか？　それとも、今夜サンフランシスコに戻ると言い張るつもりか？」

ローラは立ち上がった。「どうかしてるわ！」

「僕が？」ジェイソンは一方の肩をすくめた。「君の問題を解決する、まっとうな方法だと思ったが」

「パメラの問題を解決するにはね！」ローラは苦々しい気分だった。これが妹のためになることぐらいはわかる。「それで、出産後はどうなるの？」

「あとは彼女が決めることだ。仕事は見つかるだろう。ハワイには裕福な老婦人が山ほどいる。専任の理学療法士を必要としている人だっているはずだ」ジェイソンは言葉を切った。「僕が雇ってもいい」

「あなたが？」ローラはばかにしたように言った。

「そうとも」ジェイソンは平然とローラを見上げた。

「ホテルでマッサージ師を雇うのも悪くない」

ローラはまばたきした。「ホテルを持ってるの？」

「リッジウェイを買収したんだ。忘れたのか？」ジェイソンは無表情のまま、その名を挙げた。

どうして忘れられるだろう？　ローラは手すりに近づき、肘をついて海を眺めた。

むき出しのローラの腕に、ジェイソンのシャツの袖が触れた。彼はいつの間にか隣に立っていた。シャツの生地を通しても、彼の肌は燃えるように熱く、ローラはとっさに彼から離れようとした。だが、ジェイソンが背後から両肩をとらえて動きを封じた。

「決断するのがそんなにつらいのか？」彼はローラの耳元でささやいた。「君は痩せた」華奢《きゃしゃ》な体をさぐりながら、彼は唐突に言った。その瞬間、ローラはこらえきれずに本当の思いを口にした。

「あなたも痩せたわ」振り向くと、彼の顔が目の前にあった。

「君が恋しくてたまらなかった」ジェイソンがかすれた声で言った。美しい金色の瞳に見つめられ、ローラの抵抗は崩れ去った。その目がジェイソンのベッドで目覚めた朝を、彼に抱かれたあとのひとときを思い出させた。そして、彼が与えてくれた喜びを――二人が互いに与え合った喜びを思い出させた。

けれど、同時に疑問が浮かんだ。私が去ってから、何人の女性が彼に喜びを与えられたのだろう。

我に返ったローラは、ぱっと顔を引いて叫んだ。

「私はあなたを恋しく思わなかったわ！　あなたのことなんて全然考えなかった。私は今の仕事を楽しんでいるの。あなたの義理の弟がパメラをごたごたに巻き込むまでは、楽しく暮らしていたのよ。この三年間、幸せだった。あなたは信じないかもしれないけれど！」

「いや、信じるさ！」ジェイソンは辛辣に言うと、二人のあいだに距離を置いた。ローラは不本意ながら何かを失ったような感覚を味わった。「言わせてもらえば、ごたごたに巻き込んだのは君の妹の責任でもあるんだぞ！　だが、今それは問題ではない。問題は君がどうするかだ」ジェイソンはテーブルに戻って、残っていたシャンパンをつぐと、グラスを掲げた。「一晩考える時間をあげよう。八時きっかりに君に電話する。今度はちゃんといてくれよ！」

4

「シートベルトをお締めください、ミス・ハイトン。十五分後に着陸です」

ジェイソンの小型ジェット機の副操縦士クラーク・シンクレアが声をかけ、ローラは物思いから覚めて現実に引き戻された。

「ありがとう」ゆったりした座席の両脇を手さぐりしてシートベルトをつかみ、彼のハンサムな顔を見上げた。「ぼんやりしていたわ。ごめんなさい」

クラークは彼女のかたわらで腰を落とした。「今朝はかなり疲れが出ると思いますよ。今ごろハワイは真夜中ですからね」

ローラは無理に笑みを浮かべてうなずいた。「長かったわ。ハワイに飛んだときは何日かサンフランシスコで過ごしてからだったんだけど」

「そうですね」クラークは明らかにそれも知っているようだ。「ベッドでやすめばよかったんです。睡眠薬を服用すれば、あっという間に着いていたでしょうから」

ローラはかぶりを振った。機内の贅沢《ぜいたく》な寝室を使わなかったのは、ジェイソンとその場所を分かち合った記憶がよみがえるからだ。そんなことを考える時間は、再びハワイに向かうときにたっぷりあるだろう。これからピアースにこの決断を打ち明けなければならない。それに、フラットを明け渡すという差し迫った仕事も残っている。

優美で豪華なジェット機はガトウィック空港に着陸し、その後、所定の入国手続きがあった。ローラはパイロットのフランク・ダニエリとハワイに戻るフライトについて打ち合わせたあと、三人の乗務員たちに挨拶して、ロンドン市内に戻る列車に乗った。

ロンドンに着いてほっとしたものの、温暖なハワイのあとだけに寒さはひとしおだった。イギリスの四月の天候は不安定なので、列車がヴィクトリア駅に着いたとき、窓に当たる雨を見ても驚かなかった。駅を出ると、タクシーに乗り、目的地のハイゲートを運転手に告げた。ピアースに打ち明ける瞬間を先延ばしにしているのは承知していた。彼のもとを飛び出してから、まだ一週間しかたっていない。

セントラルヒーティングを作動させたにもかかわらず、フラットの中は寒かった。何通か手紙が届いていた。ほとんどが請求書だ。郵便物を定期的に転送する手続きもしなければならない。そうたくさんは来ないだろう。姉妹には近しい親類もいなかった。

冷蔵庫の中を確かめると、未開封のミルクがあったので、お湯を沸かしてお茶をいれた。今もハワイにいればベッドに入っている時間だと思うと、不思議な気分だった。お茶を飲みながら、郵便物に目を通し、すぐに支払いの必要なものは脇に置いた。ピアースの友人が開くパーティの招待状とダイレクトメール数通を除けば、とくに興味を引くものもない。ローラはすべてを押しやると、頰杖《ほおづえ》をついた。

一週間しかない。そのあいだにここでの暮らしを整理して、カリフォルニアに飛ぶのだ。そしてパメラを連れてハワイに戻り、カウラナイ島へ向かう。

カウラナイはアメリカ本土からは三千キロ以上離れ、オアフ島の四百キロ南東にある。ジェイソンによると、飛行機でなければ、そこには行けないらしい。彼がその島を選んだのは、それも大きな理由だったのだろう。周囲は珊瑚礁《さんご》で、満潮時には喫水の浅い船しか渡れない。ローラ・Mでも無理だ。自然の防御壁がどんな侵入者をも阻んでいる。

だからといって、ジェイソンの説明に特別興味を覚えたわけではない。ローラにとって、カウラナイは牢獄《ろうごく》のようなもの。檻《おり》がなくても、閉じ込められることに変わりはない。パメラはローラからジェイソンの申し出を聞いて、初めて明るい反応を示した。だが、ローラは傷つき、憤っていた。ジェイソンの望みをまったく受け入れられずにいる。

ローラの決断に対して、ピアースも憤りを見せた。

「まさか本気じゃないだろうな！　確かに私はふらふら出かける君にちょっとばかり腹を立てたかもしれない、そして少しばかりあからさまに反対しすぎたかもしれない。だが、私は人として君に敬意を払っている。君を失いたくないんだ、ローラ」

ローラはかぶりを振り、大理石の暖炉の前に置かれた更紗《サラサ》張りの肘かけ椅子に座り込んだ。ピアースの家は我が家のようによく知っている。夜遅くまで仕事をしたときには、しばしば予備寝室に泊まった。ピアースは夜更けに最高のアイデアが浮かぶことがよくあり、ローラも真夜中の仕事を楽しんでいた。

「ごめんなさい」ピアースが向かいの椅子に座ったとき、ローラは言った。「パメラのためにそうしなければならないの。詳しくは話せないけれど……とにかく、あの子は私を必要としていて、私はあの子を見捨てるわけにはいかないの」

「君の妹は子守りが必要なのか?」ピアースは理解できないと言わんばかりに尋ね、たばこに火をつけた。「彼女は君の二つ年下だと思ったが」

「そうよ」ローラはため息をついた。「でも理由はそれだけじゃないの。お願いだから、これ以上はきかないで、ピアース。長い話なの。きっとあなたも聞きたくないわ」

「試してごらん」

ローラはうなだれた。「こう言えば……ある男性がかかわっていると言えば、理解してもらえるかしら? ホノルルにいたとき、私はその人の下で働いていた。彼がパメラを助けると言ってくれたの。私が彼を……助けるという条件で」

「つまり、彼の下で働くと?」

「ええ」ローラはその場しのぎの答えを返した。「しばらく彼の秘書をしていたの。私は数カ国語が話せるので、役に立ったのよ」

「本当に?」ピアースが疑わしげに彼女を見た。「ハワイには語学の達者な者が一人もいないのか? 信じられないね」

ローラは居心地悪そうに身じろぎした。「ジェイソンは――ミスター・モンテフィオーレは、私が仕事をするという条件で、パメラを助けてくれるの」

「実際にパメラをどうやって助けるんだ?」

「さっきも言ったけど」ローラはためらった。「彼は妹が出産するまで、その島に滞在させてくれるの。そのあとは妹次第よ」

ピアースはしばらく考え込んでいたが、やがて静かに言った。「つまり……長くても九カ月後に君は自由になってイギリスに戻ってくるってことか？」

ローラは眉をひそめた。「そのはずよ」そんなふうに考えたこともなかった。妹が出産してしまえば、ジェイソンも私を引き止めることはできない。

「よくわかった」ピアースは頭上に紫煙を吐き出した。「君がそうやってどうしても自分を犠牲にしたいのなら、私も一時的に秘書を雇うことにしよう」

「一時的に？」ローラはピアースを見つめた。

「当然だろう？」ピアースが無頓着に肩をすくめた。「私は自分用に君を仕込んだ。同じことを繰り返す気にはなれない。もちろん今の作品は完成させる。だが、これが終わったら、休みを取ろうと思っているんだ――そうだな、インドか極東にでも。君にも同行してもらうつもりでいた。メモを取ったりといった仕事で。しかし、それは録音すれば事足りる。君が戻ったときに書き起こしてくれればいい」

「ああ、ピアース！」ローラは胸を打たれた。「なんとお礼の言葉を言っていいのか」

「だったら、何も言わなくていい。沈黙は常に最善だ。ひょっとしたら君はそのミスター・モンテフィオーレのもとにとどまるかもしれない。私は軽く考えて決めてほしくないと思っているんだ」

ローラは唇を引き結んだ。「それはないわ」

「そうかな？」ピアースのグレーの目が鋭さを帯びた。「私もそこまで確信できればいいんだが。年齢や経験が私を用心深くさせるのかもしれない」

その後あわただしい日々が続いたが、ピアースの言葉にローラは元気づけられた。完全にイギリスとのつながりが絶たれてしまったわけではない。もちろんフラットは手放さなければならないが。使ってもいないのに四つの部屋の家賃と暖房費を払う余裕はないからだ。戻ったら、ほかのところが見つかるのを願うだけだった。残していく持ち物については、ピアースがイートン・テラスにある自宅の地下室で預かってくれることになった。郵便物もそこに転送され、彼の家政婦がローラに送ってくれる。

「本当にありがとう」サンフランシスコに発《た》つ前夜、ローラはピアースに言った。ピアースは彼女をディナーに誘い、二人は豪華な会員制のクラブのテーブル席にいた。「あなたのおかげでずいぶん助かったわ。私、逃げ出すような気がしていたの。これなら……休暇をもらったみたいよ」

「君に考えてもらいたかったのはそこなんだ」ピアースが角縁の眼鏡を鼻の上に押し上げながら、きっぱりと言った。「いいかい、ローラ。こんな台詞《せりふ》をほかの女性に言ったことはないんだが、もしも結婚を考えるとしたら、相手は君みたいな人がいい」

ローラはほほえんだ。気難しく、貴族のようなピアース・カーヴァーが夫や父親の役割を果たす姿を思い描くのは至難の業だった。四十三歳の彼は、ローラの考える究極の独身男性だ。彼を友人以上の存在として考えたことは一度もない。

「あなたってやさしいのね」ローラは注文したフィレ肉を皿の縁に押しやって食べているふりをした。「あなたが本当に自由を犠牲にする気になったら、もっとふさわしい人が見つかると思うわ」

「つまり……君は私を人生のパートナーとして見ていないということか」ピアースはあっさり言い換えた。「男にとって、君を妻に選ぶのはこの上ないことなんだよ、ローラ。君は美しい――違うんだ！」否定しようとするローラを、ピアースがさえぎった。「これは私の心からの言葉なんだ。美というのは、肉体的なものに限らない。とはいえ、君の外見は私の目を楽しませてくれるがね。美しさとは精神的なものであり、内面や人間性も含まれる。そして君は美しい人だ、ローラ。私は常々そう思ってきた」

「ああ、ピアース……」

ローラはなすすべもなく彼を見つめていた。するとピアースが手を伸ばして彼女の頬に触れた。「わかっている。君に言うのが遅すぎた。私自身、君からサンフランシスコ行きを告げられて初めて気づいたんだ。あのとき君に伝えたかったが、できなかった。だからあんなにひどい態度をとってしまった」彼は肩をすくめた。「いい子だから、そんな困り果てた顔をしないでくれ。私の気持ちに応えてくれないからといって、脅しているわけじゃない。君を恋しく思うだろう。それは忘れないでほしい。そして君が必要とするとき、私はいつもともにいる」

「ありがとう」

ローラは圧倒されていた。ウエイターが来て、その場の雰囲気を軽くしてくれてほっとした。ピアースが自分に対してなんらかの感情を抱くとは夢にも思っていなかった。皮肉なことに、少なくともこの件に関してはジェイソンが正しかったようだ。

そしてなぜピアースとこうしてディナーに出向いてきたのか思い出した。ここ数日、ジェイソンのことを考えないよう必死に努力してきた。けれど夜は恐怖と不安に襲われてよく眠れず、食欲もほとんどなかった。ローラはピアースに打ち明けたい誘惑に駆られた。代わりに問題を解決してもらいたかった。だが、それはできない。ピアースを愛してはいないし、彼にそんな重荷を背負わせるのは間違っている。

食事が終わり、コーヒー・リキュールを楽しんでいるときだった。ローラは居心地の悪さを感じた。誰かに見られているような気がする。そして即座にジェイソンが雇った私立探偵について考えた。とはいえ、今回の短いロンドン滞在のあいだは、ジェイソンが誰かに私を見張らせるはずはない。パメラは今もサンフランシスコにいるし、彼も私がハワイに戻らないとは思わないだろう。

にもかかわらず、その感覚はしつこくつきまとった。ローラは顔を上げて室内に目を走らせた。ここにいる身なりのよい紳士たちの誰が私立探偵なのだろう。ばかげている。これはおそらく単なる想像だ。それでも、敵意を向けられているような気がして、ジェイソンを考えずにはいられなかった。

そんな考えが本人を呼び出したかのように、ローラはそのときジェイソンを見た。彼は十メートルも離れていないカウンター席に座っていた。ローラの視界に入るように、片肘をカウンターにつき、体をなかばこちらに向けている。ワインカラーのディナージャケットにぴったりした黒のズボンという姿は、いつになく重苦しく見えた。片足をスツールの横木にのせているが、もう一方の足は床に下ろしている。その姿勢のせいでズボンの生地が引っ張られ、ローラの視線を筋肉質の腿に引きつけた。表情は友好的とは言いがたい。ショックを受けたローラと目が合ったときも、彼のほうは反応を示さなかった。ローラは口の中がからからになった。いったい彼は何をたくらんでいるのだろう。

「どうかしたのか?」

ローラがぴたりと動きを止め、顔色を失ったことに、ピアースは気づいていた。「いえ……違うの」

ローラは自分のコーヒーカップを見下ろした。「今……私のハワイの雇い主がここにいるの。彼に会うなんて、思ってもみなかったから」

「モンテフィオーレが? 彼がここにいるのか!」

今やピアースは椅子の上で向きを変え、先ほどローラが見ていた方向に目を凝らしている。ローラが勇気を出してカウンターをちらりと見たとき、ジェイソンが物憂げに立ち上がった。

「あれが彼か? モンテフィオーレなんだな?」ピアースが驚いた様子でささやき、ローラはうなずいた。「私はてっきり……もっと年をとっているかと思っていた。ここで何をしているんだ?」

「私には見当もつかないわ」ローラが声を落として

答えたとき、ジェイソンが二人のテーブルにやってきた。ローラは苦労して彼と視線を合わせた。「こんばんは、ジェイソン」硬い声で挨拶する。「あなたに会うなんて……びっくりしたわ」

「やあ、ローラ」ジェイソンはズボンのポケットに両手を突っ込んだ。ジャケットの前が開いて、広い胸とたくましい腿を目立たせる。その態度は無礼と言ってもいいほどだ。ローラにピアースを紹介されると、ジェイソンはおざなりに彼の手を握った。

「仕事でロンドンに来たのかね、ミスター・モンテフィオーレ？」ピアースが儀礼的に尋ねた。

「ある意味では」ジェイソンがなめらかに答えた。その表情からは何も読み取れない。「あなたは作家と聞きましたが、ミスター・カーヴァー」

「そうだが」ピアースが力づけるようにローラにほほえみかける。「君がロンドンにいるということは、ミス・ハイトンはただちにハワイに戻らなくていいということかな？　もしそうなら……」

「僕は明日帰ります」ジェイソンがすばやくさえぎって、ローラの視線を自分に引き寄せた。「一緒に戻ろうと思ったんだ、ミス・ハイトン。つまり、あの取り決めに異論がないならの話だが」

「もちろんないわ」どうして逆らえるだろう？　ローラは苦痛と憤りをこめてジェイソンを見返した。せめてあと何日か、自由を許してくれてもいいのに。彼は私の気が変わったかどうか確かめるために、わざわざロンドンに飛んできたのだろうか？

ピアースは眉をひそめて二人の様子をうかがっている。だが、礼儀をわきまえる彼は自分の思いを口にせず、ジェイソンに一緒に飲まないかと誘った。

「残念ながら無理なんです」ジェイソンが形ばかりの笑みを浮かべて断った。

ローラは震える息を吐き出した。今の今まで自分が呼吸を止めていたのに気づかなかった。早く彼を帰らせて！　ローラは無言で祈った。自分の脚から十センチと離れていないジェイソンの腿がひどく気になった。嫌いでたまらないのに、彼を無視することができない。

「実を言うと、僕がミス・ハイトンを自宅まで送っていくことに、あなたは異を唱えるだろうかと考えていたんですが」ジェイソンが先を続け、ローラはそのずうずうしさに唖然《あぜん》とした。「今夜のうちに彼女に話しておきたいことがあって。せっかくこうして偶然会ったので……」

ピアースは面食らった。「私は……いや……君がそう思うなら……ローラ、君はどうなんだ？」彼は明らかに言葉を失い、口ごもった。ジェイソンはいらだちを隠さず、ローラに向き直った。

ローラは何を言うべきかわからなかった。偶然会ったというジェイソンの言葉は信じていない。でも、断る口実もないのに、どうやって彼を拒絶できるだろう？

「ここで話せないかしら？」ローラは問いかけ、ジェイソンと視線を合わせた。ジェイソンの金色の瞳に揺るぎない決意を読み取り、戦慄が走る。

「できれば、二人きりのほうがありがたいんだが」

「私は……そうね。あなたはかまわないかしら、ピアース？」ローラはみじめな気分で尋ねた。これではピアースも認めるしかない。

「もし……君がそれでよければ」ピアースが残念そうに言った。その答えにがっかりしたと私が伝えたら、ピアースはなんと言うだろうとローラは考えた。

ジェイソンが見ている前で別れの挨拶をするのは難しかった。「私が言ったことを忘れないように」ピアースがローラを抱き寄せて、こめかみにそっとキスをしながら、かすれた声で念を押した。「私はいつでもそばにいる。君が必要とするときに」

「忘れないわ」ローラは震える声で言った。「体に気をつけてね」

「君も」ピアースがぶっきらぼうに言い返した。ローラはジェイソンを見ずに出口に向かった。

預けていたマントを受け取ったときに、ジェイソンが追いついた。「行こうか?」彼は尋ねたが、返事は求めていなかった。早くも背を向け、ドアマンに声をかけている。ローラがマントを羽織ったときには、すでにタクシーが待っていた。「運転手には君の住所を伝えようか、それとも僕のホテルに来るか?」ジャーミン・ストリートに出る階段を下りながら、ジェイソンが平然と尋ねた。どちらの選択肢も私が気に入らないとわかっていながら、なんて傲慢な人だろうとローラは考えた。

「うちに戻るほうがいいわ」張りつめた声で答えた。隣にジェイソンが乗り込んだときになって、初めて疑問が頭をもたげた。「どうして私の住所を知っているの?」ローラの問いを受けて、ジェイソンが陰鬱なまなざしを投げかけた。

「考えてみるがいい」彼はそっけなく答えた。

「それで……話って?」私立探偵のことを思い出しながら、ローラはマントをかき合わせた。

「あとだ」ジェイソンは感情を見せずに答えた。その尊大な態度に、ローラの怒りがふくらんだ。

「偶然じゃなかったんでしょう? あなたはあのクラブの会員じゃないわ。私をさがしに来たのよ!」

「君たち二人を、だ」ジェイソンは冷ややかに認めた。「熱心なイギリス人小説家と、この上なく誠実な秘書を!」

「それはどういう意味?」

「君は今夜、口述筆記をしなかった」

「ええ」ローラは胸を張った。「ディナーを一緒に楽しんだのよ。それのどこが問題なの?」

ジェイソンがローラをまっすぐ見た。「君はたびたび一緒にディナーを楽しむのか――雇い主と?」

「そんなに頻繁じゃないけど……」

「そうだろうとも」ジェイソンがばかにしたように言い、ローラはむっとして彼を見た。

「何が言いたいの？　ピアースは友達で……」

「だから彼は君の手を握り、頬を撫《な》でたわけか」

ローラは息をのんだ。「私たちを見張っていたのね！」

「たっぷりとね」ジェイソンは認めると、通り過ぎる映画館の建物の明るい正面に目を戻した。

ローラは身震いした。「どれだけあなたが憎いかわかる？」

「そのくらい耐えられる」

「ずっと耐えていくのよ」

「ああ、そうだな」ジェイソンが嘲るように言い返した。彼がすべて本心から言っていると気づいて、ローラの胸は大きく波打った。

フラットのある小さな広場に着いたとき、ジェイソンはそのまま行ってしまうだろうとローラはなかば期待していた。結局のところ、彼は目的を果たしたのだ。私をピアースから引き離し、自分の力を行使した。それに、本当に話があるとも思えない。ところがローラがドアを開けてタクシーを降りたあと、運転手に料金を尋ねるジェイソンの声が聞こえた。歩道にジェイソンを残して、タクシーは走り去った。

「四七号室だったな？」彼はにべもなく問いかけると、ローラの腕をつかんで、建物の中へと促した。

エレベーターが四階に着いて扉が開くと、なんの特徴もあたたかみもない狭い廊下に出た。ジェイソンはローラとともに彼女の部屋に向かった。

フラットの居間はがらんとしていて、人を迎えられるような状態ではなかった。わずかな蔵書と装飾品はイートン・テラスに送るために荷造りしてあり、室内はホテルのように個性がない。ローラは部屋の真ん中で立ち止まり、改めて自分のみじめな境遇を実感した。抑えようもない敗北感に肩が落ちる。

「ここにはどのくらい住んでいた？」ローラの落胆を感じ取ったのか、ジェイソンが静かに尋ねた。

「ほぼ……三年かしら。戻ったとき……ハワイから戻ったとき、ちょうどパメラの友達がここを出ることになったの。引き継げて運がよかったわ」

「ハワイから戻ったときか」ジェイソンがそっと繰り返した。ローラはそこに触れなければよかったと思った。「ずいぶん前だな、ローラ」いつの間にかジェイソンが背後に近づいていた。彼のあたたかい息がローラの頬をかすめた。

「そんな前じゃないわ」ローラは喉を詰まらせた。ジェイソンから離れようとしたが、彼はローラのマントの肩飾りをつかんで引き止めた。

「僕に抗《あらが》うな、ローラ」ジェイソンが厳しい声で警告した。そこにひそむ脅しに、ローラは再び身震いした。「君を傷つけたくはない。だが、文明人らしく会話を続けるのがだんだん難しくなっている」

「あなたは自分が文明人だと思ってるの？」ローラは身をひるがえしてジェイソンから離れた。マントが肩からずれた。「よく言えるわね、ジェイソン！あなたは野蛮人よ！目的のためなら、人の痛みや苦しみだってためらわずに利用する」

「気をつけろ、ローラ！」ジェイソンは微動だにしなかった。その手からはマントがぶら下がっていた。

「気をつけろ！」ローラは彼の口まねをした。「この上、どうして私が気をつけないといけないの？気をつけていて、よかったことがある？気をつけていたからこそ、あなたから離れてロンドンに戻ったのよ。マイク・カザンティスにパメラと関係を持つようにあなたが焚《た》きつけたんじゃないかとさえ思った。そのほうがあなたにとって好都合ですもの」

実のところ、口から出まかせを言っただけだった。だが、ローラが撤回する前に、ジェイソンの忍耐が尽きた。彼はマントを投げ捨てると、ローラに近づき、あざができそうなほど強く肩をつかんだ。「せっかくだから、君の期待を裏切るのはやめよう」ローラを乱暴に引き寄せる。「君に悪魔のように思われているなら、それを利用させてもらう。あながち間違いでもない。カプラニ・リーフ・ホテルのプールで君を見て以来、その姿が頭を離れなかった」

ジェイソンは胸の前にあったローラの両手を押しやり、唇を重ね合わせた。ローラは舌に自分の血の味を感じた。ジェイソンは彼女よりずっと体が大きく、力も強い。そしてこの強引な行為がローラの抵抗力を奪った。握りしめたこぶしはジェイソンの筋肉に食い込み、膝は固い脚にぶつかったが、びくともしない。ローラはジェイソンが発散する熱に、男の香りに、その体に包まれていた。必死に抗ったが、彼の欲望の強さにはかなわなかった。

「ジェイソン、お願いよ――」唇が首筋に移ったとき、ローラは息苦しさに、あえぎながら言った。

「人を悪魔のように言っておきながら、今度は願いごとか？」ジェイソンは辛辣に嘲ると、黒のカクテルドレスのゆったりしたネックラインに手をかけて無理やり引き下ろし、引き裂いた。「君がこれを望んだんだ、ローラ。僕は我慢する覚悟だった。だが、君がゲームのルールを変えた」彼の歯が肌をかすめ、ローラは激しくおののいた。「敵が汚いまねをしたからといって、今さら文句を言うな！」

「ジェイソン、だめよ！」足元にドレスが落ちたのを感じて、ローラはうめいた。

「だめじゃない。こうしなければならないんだ」ジェイソンがかすれた声で言った。燃えるような琥珀《こはく》色のまなざしがローラのほっそりした体の上をすべり下りる。彼は片手でローラのうなじを押さえ、もう一方の手でネクタイとシャツのボタンをさぐっていた。やがていらだちをつのらせ、シャツを力まかせに開いて、日に焼けた広い胸をあらわにした。

そして肌を触れ合わせたくてたまらないかのように、ローラをきつく抱きしめた。

「どんなに君が欲しかったか」キスは官能を刺激する、やさしいものに変わっていた。キャミソールの裾から彼の手が忍び込んだとき、ローラは心ならずも欲望に体が震えるのを感じた。

唇を合わせたまま、ジェイソンがキャミソールのストラップを肩からはずした。現れた胸のふくらみが、むき出しの彼の胸に押しつけられる。彼の手がローラのヒップをとらえて、もう一度引き寄せた。二人のあいだの荒ぶる高まりが解放を求めている。ジェイソンはくぐもった悪態をもらしてジャケットとシャツを脱ぎ捨て、ローラを腕に抱き上げた。

彼は直感でどれが寝室のドアなのかわかっているようだった。明かりはつけなかったが、背後の居間の照明で、狭いシングルベッドの輪郭が見えた。ローラの心の片隅で、今すぐ逃げなさいと叫ぶ声がした。だが、ジェイソンがすべてを脱ぎ捨てるあいだも、ローラはただ横たわって見つめていた。

脈打つ欲望の証《あかし》があらわになって初めて、一瞬のパニックに襲われた。予防措置をとっていないと気づいて、なんらかの行動を起こすより先に、ジェイソンが貪欲に唇を求め、どんな抵抗も封じ込めた。

「僕に抗うな」彼はローラの唇に向かってささやきながら、二人のあいだを分かつ最後の布を取り去った。親密な場所に愛撫《あいぶ》を受け、ローラは震えていた。ジェイソンのもとを去ってから、彼女に触れた者はいない。「君はとても美しい」彼は頭を下げて、硬くなった胸の先端を交互に口に含んだ。胸の上で動くジェイソンの頭を見つめるあいだ、ローラは息が止まったようだった。我知らず両手が持ち上がり、なめらかな黒髪をつかんだ。「力を抜いて」ジェイソンがローラの上に覆いかぶさった。

初めて愛されたときとほとんど同じだった。ただ、今回はローラも何が起きるかわかっていた。彼を迎え入れた瞬間の違和感はすぐに消え、全身がなめらかに応えている。

「やはり誰もいなかったのか！」ジェイソンのつぶやきに一瞬のいらだちがわき上がったが、ローラの敏感な体は彼の性急な動きに合わせて花開いた。心は人の人生を思いのままにするジェイソンの傲慢さに抵抗しているが、体はみずからの意思を持ったかのように彼を包み込んでいる。

すべてがあまりにもあわただしかった。ジェイソンは明らかに喜びを長びかせたかったようだが、ローラの内で震える歓喜がはじけた直後に、ジェイソンも彼女の中にみずからを解き放った。ローラは物憂い満ち足りた感覚に包まれ、自分の体を覆うジェイソンを押しのけることもできなかった……。

5

ローラが初めてジェイソン・モンテフィオーレに会ったのは、ホノルル支社で働きはじめて二週間もたたないころだった。

ハワイに来たばかりの彼女は、電話に出たり顧客の問い合わせに応えたりといった社内の仕事をこなしていた。同じ秘書の派遣会社に所属するほかの二人と共同でモアナルアのゴルフコースに近い部屋を借り、夕方や週末は泳ぎや日光浴のほか、島で楽しめるありとあらゆる娯楽を堪能した。

同僚たちとも親しくなった。ローラがうらやましく思ったのは、彼女たちの日光に対する抵抗力だ。ローラの肌はとても白く、長時間強い日差しにさらされるのは避けなければならない。黄金色の肌になる望みはなかったが、日焼けの痛みに耐えながらも努力を続けた。

ルーカス・カマラが雇い主に代わって臨時の秘書をさがしに派遣会社を訪れたころには、ローラの肌もうっすらと蜂蜜色に染まりつつあった。プラチナブロンドの髪は中央で分け、バレッタを使ってうなじでゆるく留めてあった。彼は落ち着いて超然としたローラにすぐさま興味を持った。

ホノルル支社の責任者ポーラ・シルヴァはローラの派遣に難色を示した。ジェイソン・モンテフィオーレの名はハワイで知れ渡っているし、彼女としてはベテランの秘書を派遣したかった。彼の会社から連絡があったのは初めてだったので、イギリスでしか経験がない者を派遣するのは気が進まなかった。だが、ほかに都合のつく秘書もおらず、ルーカス・カマラは明らかにこのイギリス娘を雇う気でいた。

自分の力を発揮する機会だと考え、ローラのほうは喜んだ。今後の契約があなたの手にかかっているとポーラに脅されたときには大げさだと思ったが、豪華なブルー・オーキッド・クラブに足を踏み入れた瞬間、これは通常の派遣業務ではないと悟った。ジェイソン・モンテフィオーレはこれまで会ったことがないような有力な顧客なのだろう。

クラブはカピオラニ通りに面していて、モンテフィオーレ社が所有する高層ビルの低層階にあった。ローラはそのとき初めてブルー・オーキッド・クラブを目にしたが、ルーカス・カマラに伴われて大理石のロビーを通り抜けただけで、ジェイソンのオフィスと彼の住居がある最上階に直行した。

ローラがオフィスに通されたとき、ジェイソンの姿はなかった。ルーカス・カマラが時間をかけて、求められる仕事の内容を説明した。

「ミスター・モンテフィオーレの秘書が手首を骨折

したんだ。ウインドサーフィンで」ローラの疑問を察してルーカスが答えた。「君はウインドサーフィンはしないだろう、ミス・ハイトン？　もしするなら、マーシャが復帰するまで控えてくれないか？」

「しません」ローラは残念そうに告白し、多少の不安を感じながら最新のパソコンを確認した。「もう一つ言っておかないと……この機種は使ったことがないんです。もしかしたらポーラが正しかったのかも。ほかの秘書にすべきだったんだわ」

「僕はそうは思わない」

背後からかすかにからかうような言葉が聞こえ、ローラはぱっと振り返った。男性が奥のオフィスに通じるドアの枠にもたれていた。ネイビーブルーの半袖ニットシャツの開いた襟から、日に焼けた喉元が見えた。同じ色のショートパンツは腿のなかばほどの丈で、無頓着でセクシーな雰囲気を漂わせている。エクササイズか、またはそれに近い運動に没頭していたらしく、喉元は汗で光り、濡《ぬ》れた髪が額とうなじに張りついていた。過去には汗をかいた人物に魅力を感じたことがなかったローラだが、何事にも例外はあると気づいた。

彼が雇い主だとは思わなかった。おそらくその親族か何かだろう。ジェイソン・モンテフィオーレの私室にいたのは確かだが、ブルー・オーキッド・クラブの所有者でも、リッチな権力者でもないと思った。だから、尊大な品定めの視線にも気圧《けお》されず、物憂げな金色の瞳を見返した。

「ジェイソン！」ルーカス・カマラが男性の素性を明らかにした。ローラは信じられずに目を見開いた。ジェイソン・モンテフィオーレはドアから離れると、ゆっくりと秘書のオフィスに入ってきた。

「マーシャの代わりを見つけてきたようだな」ルーカスに向かって言いながら、その目はローラの困惑した顔から離れなかった。「イギリス英語を話していたようだが？　彼女はハワイで生まれ育ったようには見えない」

まるで私が耳も聞こえず、口もきけないかのように話している。ローラはむっとして、みずから答えた。「私はイギリス人です。会社は社員が海外で経験を積むのを望んでいるんです。私は半年間ホノルルで働くことになりました」

ジェイソンはローラの目の前で立ち止まり、その高い身長と濃い色の肌、すらりとした筋肉質の体で彼女をどぎまぎさせた。「それで……君の名は？」

「ハイトンです。ローラ・ハイトン」ローラはあわてて答えた。「でも、私はあなたがおさがしの代理の秘書にはなれないかもしれません」

「どうして？」

「なぜなら……私はあんな最新機器に触れたことがないんです」ローラは室内を見渡し、きまり悪げに打ち明けた。

ジェイソンはルーカス・カマラと視線を交わしたあと、こともなげに肩をすくめた。「問題ない。ルークが必要なことを教える。タイプはできるんだろう？　オーディオ機器は扱えるね？」

「もちろんです」ローラは唇を湿らせた。

「それならいい」ジェイソンは唐突に背を向け、奥のオフィスに向かった。「シャワーを浴びてくる。十五分後に戻るよ、ルーク」

二十分後、ローラはオフィスに呼ばれた。体にぴったりしたエレガントなグレーのスーツ姿のジェイソンは、洗練され、危険な魅力を備えていた。やがて彼がなぜ三十三歳という若さで億万長者になったかが明らかになった。その日が終わるころ、ローラはマラソンを完走したようにぐったりしていたが、雇い主のほうはまったく疲れた様子がなかった。それどころか、ローラの目の前で受けた電話から、彼は階下のクラブで夜を過ごすとわかった。

続く日々、ローラは期待以上に多くを学んだ。ルーカス・カマラが手助けしてくれたし、ジェイソンもまた当初のミスに寛大だった。彼は初日のような無遠慮な態度を見せることはなく、常に礼儀正しく思慮深かった。疲れる仕事だったが、おかげで時間が過ぎるのは早かった。そしてローラは毎日がだんだん楽しみになってきた。

ローラの雇い主について初めて意見を言ったのは、フラットを共同で借りている同僚のシルヴィ・ローマックスだった。「私、あなたじゃなくてよかった」彼女は意地悪く言った。「あの人、ずいぶんな評判の持ち主よ。いい男ってだけじゃなくてね！　機嫌を損ねると、情け容赦ないそうよ」

もう一人の同居人ローズ・チャンが細面の顔に同情を浮かべてローラに向き直った。「気にしないで。シルヴィはやきもちをやいているだけだから」

「やきもちですって？」シルヴィがふんと鼻を鳴らしたが、ローラの不安げな目を見て、表情をやわらげた。「まあ……ちょっとはね。でも、彼がどうやって財をなしたかについては、いろいろと噂《うわさ》があるのよ。あまり評判がいいとは言えない話が」

少なくとも、ジェイソンの私生活に限って言えば、シルヴィの言葉は正しかった。その後の数週間、ローラは彼から連絡がないという理由で激怒する女性たちの電話をうんざりするほど受けたからだ。ローラが伝言を伝えると言っても、彼女たちは信じず、悪態をつきつづけた。

「彼が悪いわけじゃないんだよ」ローラが愚痴をこぼすと、ルーカスがなだめた。「正直なところ、ローラ……」二人はすでに名前で呼び合うようになっていた。「あれは職業上の危険と言ってもいい。今はレジーナがヨーロッパに行っていて本当によかった。君もわかるだろうが、彼女は実に厄介なんだ」

ローラがジェイソンの別れた妻について聞いたの

は、これが初めてだった。だが、そのうちに性格のきついイタリア人モデルのすべてがわかってきた。ジェイソンは二十歳そこそこで彼女と結婚し、三年もたたないうちに離婚した。レジーナは高額な離婚手当を受け取っているにもかかわらず、別れた夫に法外な要求ばかりしているという。娘のルシアが母親と暮らしているので、ほかの場合とは異なり、ジェイソンも我慢しているように見えた。

彼の部下についても徐々にわかってきた。ある日の午後、ルーカスが彼女を下の階に連れていき、豪華なナイトクラブを見せて回った。バーやカジノのほか、舞台を楽しめるレストランがあり、世界でももっともギャラが高いと言われる出演者たちの公演が楽しめる。大物はブルー・オーキッド・クラブのパゴダ・ルームに顔を出すと言われていた。

ローラがモンテフィオーレ社で働くようになって三週間がたったある夜、ジェイソンが私室の居間で何か飲まないかと誘ってきた。その日はいつもより遅くまで働いたので、入札した土地に関する詳細な計画書の口述筆記も終わっていた。これは録音テープに残すような案件ではなく、ジェイソンはときおり中断しては、ローラに複雑な状況を説明した。そんなわけで、すべて終わったときには七時を過ぎていた。彼の儀礼的な誘いに、ローラはとくに驚くこともなかった。

「そういうことは必要ないですから、ミスター・モンテフィオーレ」椅子から立ち上がって、こわばった体を伸ばしながら、きっぱりと言った。するとジェイソンが考え込むように彼女を見上げた。

「必要ないのはわかっている」彼はそう言って立ち上がった。「君に話があるんだ。いいだろう?」

ローラがジェイソンの私室に入るのは初めてで、やはり感銘を受けた。内装は豪華だし、広いバルコニーからワイキキの海岸全域が見渡せる。下界の騒音は高層階まで届かない。開いたバルコニーのドアの手前で立ち止まると、今も沖合にいるサーファーが見えた。さらに暗くなれば、この光景はさらにすばらしくなるだろう。カラカウア通りの色とりどりの光はネックレスの宝石のように輝くはずだ。

「何が飲みたい？」ジェイソンの声にローラが振り返ると、彼は隅にある小さなカウンターの向こうにいた。ありとあらゆるアルコール類がそろっている。

「あの……なんでも」友人たちと何度か試したカクテルを頼む気にはなれず、ローラは答えた。

「ピニャコラーダはどう？」ジェイソンは関心もなさそうに尋ねた。「僕の娘が大好きなんだ。チチに似ているが、ウオッカの代わりにラムを入れる」

ローラはあっけにとられて彼を見つめた。「娘さんはまだ十二歳でしょう？」彼の物憂げな笑みに、ローラの背筋に不本意な興奮の震えが走った。

「バージンカクテルについて聞いたことは？」ジェイソンは材料をミキサーにかけながら尋ねた。

ローラは首を横に振った。「いいえ」

「アルコールは入っていないんだよ」

ローラは唇を湿らせた。「娘さんには一度も会っていないわ」何か言わなければいけない気がした。「どちらに似ているのかしら？　あなたか……それとも奥さま？」

「彼女は元妻だ」ジェイソンはそっけなく訂正した。細いグラスにカクテルをついだとき、砕けた氷が妙《たえ》なる音をたてた。彼はパイナップルのスライスをグラスの縁に添えてからローラに手渡した。「君に話があると言った理由の一つが、彼女なんだ」

グラスを受け取ったときに二人の指が触れ合った。彼の手は冷たかったが、ローラは火傷《やけど》をしたかのように感じた。ジェイソンがカウンターに引き返し、スコッチのオンザロックを用意するあいだも、ずっと彼の指の感触は消えなかった。

「それで」ジェイソンはグラスの縁越しに彼女の反応を見守っていた。「座らないか?」

ローラは低いソファに腰を下ろしたが、ジェイソンが隣に座ったので、さらに緊張した。彼はネクタイを取り去ってシャツのボタンを三つはずし、長い脚を中国製の絨毯《じゅうたん》の上に無頓着に伸ばしている。こんなに彼に近づいたのは初めてだ。そう意識すると、ローラの心がざわめいた。

「僕の妻――レジーナは、この一月半ずっとヨーロッパにいた」彼は膝のあいだでグラスを持ち、冷たい表面を指で撫《な》でている。「あさって戻ってくる」

「そうですか」蚊の鳴くような声だったが、ジェイソンには聞こえたらしく、先を続けた。

「ルシアも一緒だ」

「あなたの……娘さんね」

「そのとおり」ジェイソンが振り向いてローラを見つめた。その目はいぶかしげに細められている。

「君は子供好きか、ローラ? たぶん好きだろうな。君自身が子供とそう大差ない。そうだろう?」

「もうすぐ二十二歳なんですけど」ローラはむきになって答えた。彼に子供っぽいと思われるのはうれしくないが、別の意味では大いにほっとした。

「立派な大人だ」彼は冷ややかに言った。「ルシアが生まれたとき、僕は君くらいの年だった」

「それで?」それとない非礼な言葉に、ローラの頬にかすかに赤みが差した。

ジェイソンがためらった。「僕は週末ハワイ島に行かなければならない。そしてレジーナは二週間僕にルシアを預けたいと考えている」

「いったいどういうことか――」

「僕たちと一緒にハワイ島に行ってほしい」ジェイソンは表情を変えずに言った。「とにかく君が必要なんだ――君の仕事の能力が。それに、僕が忙しいとき、ルシアの相手をしてくれないか」

ローラは困惑して彼を見た。「でも、私は――」

「ヨットを使うつもりだ」ジェイソンがさらに続けた。「目的地のコナは、ここから船に乗って一日かかる。中心地のヒロの反対側だが、きっと君たちは沿岸を回る旅を楽しめるだろう。金曜にヨットで向こうに行き、土曜は島で過ごして日曜に戻ってくる。どう思う？」

「私は……ヨットに乗ったことがないので」

「僕は舵《かじ》を取ってくれと頼んでいるわけじゃない」

ジェイソンは苦笑した。「乗組員がいるから」

ローラはピニャコラーダを口にした。「娘さんは奇妙だと思わないかしら、私が……私があなたと一緒に行くとしたら」

ジェイソンはスコッチを飲み干すと、厳しい顔でローラを見た。「君は行きたくないんだな」感情をこめずに言った。「なぜそう言わない？」

「違うわ」ローラはあわてて口走った。「いいえ……考える時間が必要なんです」

「わかった」ジェイソンが立ち上がった。「どのくらいの時間が必要だ？」

「わかりません」長時間、口述筆記の仕事をしていたせいで肩がこわばり、ローラは無意識に首を揉《も》んでいた。「ミセス・シルヴァにきかないと」

「僕にまかせてくれ」ジェイソンがてきぱきと言い、グラスを置いた。「さあ、僕が揉んであげよう」驚くローラをよそに、ジェイソンはソファを回ってうしろに立つと、巧みな指先で彼女のこわばった肩と首の筋肉を揉みほぐした。「よくなった？」ジェイソンが顔をのぞき込んで尋ねる。ローラは彼の腿に頭をもたせかけたい誘惑に必死で抵抗した。

「ずっと……よくなったわ、ありがとう」ローラは誘惑から逃れ、体を前に起こした。彼はかすかな笑みを浮かべて部屋を横切り、カウンターに戻って再びスコッチをついだ。

ローラはピニャコラーダを飲み干し、急いで立ち上がった。間違った印象を与えた自分にいやけが差した。でも、本当に間違っていたの？　ローラは自問した。ジェイソンに触れられたとき、昼夜を問わず彼に電話をかけてくる情けない女性たちと同じ気持ちにならなかった？　おそらくジェイソンはそこに気づいている。しかも楽しんでいるのだ！

当然ながらローラは彼の望みに従った。もっとも、これは彼の説得のせいばかりでもない。

翌朝レジーナ・モンテフィオーレと――彼女は離婚後も元の姓を使っていた――その娘がオフィスにやってきた。予定よりも早くイタリアから戻ったらしい。そして二人ともがジェイソンの新しい秘書を見て、立ち止まった。

「マーシャはどこ？」レジーナが尊大に尋ね、マーシャをさがすようにオフィスを見まわした。「あなたは誰？　ここで何をしているの？」

「私はローラ・ハイトンです。臨時でマーシャの仕事をしています」ローラは礼儀正しく応じた。「あなたは……ミセス・モンテフィオーレで、そちらがルシアね。はじめまして。ご用はなんでしょう？」

レジーナは顔を赤くし、いらだたしげに唇をゆがめると、黒髪を手でうしろに払った。派手な色に塗った指には大きなダイヤモンドが輝いている。別れた夫との関係がどうあれ、知らないうちに彼の部下が替わっていたので、気に入らなかったのだろう。

かなりの自信家のようだとローラは気づいた。男好きのする顔で、ボッティチェリのヴィーナスのような豊満な体なのだから、自分に自信を持つのも当たり前だ。着ている服も官能的な魅力を強調している。

一方、ルシアはローラが思っていた以上にジェイソンに似ていた。髪や目は両親と同じく濃い色で、ローラに投げかけるかすかに尊大なまなざしは母親を思わせるものの、すらりとした体形は父親譲りだ。

「ジェイソンに私が来たと伝えて」レジーナはローラのデスクをいらだたしげに指で叩《たた》いた。「彼はここにいるんでしょう。消えたはずがないもの！」

「こちらにおいでです、ミセス・モンテフィオーレ。ただ、今は会議中なので」ローラは用心しつつ答えた。「コーヒーでもお持ちしましょうか？」

「いいから私が来たと伝えて」レジーナは傲慢に繰り返した。「ジェイソンは私に会うから」

「邪魔しないように言われているんです、ミセス・モンテフィオーレ」ローラはなんとか抑えた口調で言った。「こちらでお待ちいただけるなら――」

「ばかなことを言わないで！」レジーナはかっとなって身を乗り出すと、デスクにあるインターコムのボタンを押した。「ジェイソン！　こっちに来て、私が誰かこの女に教えてやってちょうだい！」

インターコムの向こうが静まり返った。だが、その直後にジェイソンのオフィスのドアが開いて彼が出てきて、背後でぱっとドアを閉めた。ローラはあえてその顔を見なかったが、ルシアが彼のもとに駆け寄り、身を投げかけてその場を救った。

「パパ！」ルシアは声をあげて、父親に両腕を回した。「ああ、パパ、会いたかった！」

「本当かい、スイートハート？」

レジーナは満足げな表情を浮かべている。ローラはいくらか皮肉っぽく考えた。これまでルシアは何度こういった役割を果たしてきたのだろう？

「この人に言ったのよ」レジーナがローラのほうを親指で指し示し、軽蔑したように言った。「あなたは私たちを待たせないって。でも全然聞かなくて」

「ミス・ハイトンは仕事をしているんだ」ジェイソンは平然と答え、ルシアから身を引いた。「それに、君は明日まで戻らないはずだっただろう」

「それは……うんざりしたからよ！　私たちに会っ

てうれしくないの？」レジーナは再びローラのほうに軽蔑の視線を投げかけた。「信じられないわ」

　ジェイソンもまた娘の頭の上からローラを見た。ローラには彼の目に同情の影がよぎったように思えたが、それは単なる想像だったのかもしれない。

「もちろん君たちが無事に戻ってよかったと思っている」彼は注意を別れた妻に戻した。「だが、本当に今は話せないんだ。ランチを一緒にとろう。一時にバグウェルズでは？　遅れないようにするよ」

　レジーナが唇をとがらせた。「いいわよ。でも、明日の朝、私はニューヨークに発《た》つから。当然、ルーシーの面倒はあなたが見るのよ」

　ジェイソンは娘を見下ろした。「当然だ」娘のいくぶん不安げな視線を受けて、彼は唇にかすかな笑みを浮かべた。「週末はヨットで過ごすというのはどうかな？」

「わあ、パパ！」ルシアは明らかに喜んだが、レジーナは口元を引き結んだ。

「まさか私たちの娘に新しい愛人を引き合わせる気じゃないでしょうね！　それとも、あなたが女も連れずに週末を過ごすと私が信じるとでも？」

　ジェイソンの顔が険しくなった。「君は好きなように信じればいい、レジーナ」

　レジーナはうろたえた。「私はただ……女性が一人もいないヨットにルーシーを連れていくなんて思わなかったから。何か起きたらどうするの？　この子の具合が悪くなったら？」

「心配は無用です、ミセス・モンテフィオーレ」自分でも驚いたことに、気がつくとローラは話し出していた。「私が同行しますから。出張旅行でもあるんです」ルシアの怒りの表情に気づいて、いったん言葉を切った。「私がお嬢さんのお世話をします、ミセス・モンテフィオーレ」

6

金曜の朝六時、ジェイソンの運転手が迎えに来るころには、ローラの覚悟はできていた。「どうかしているわ！」出かける気配を察して、シルヴィがわざわざ部屋から出てきた。「彼と船で週末を過ごすなんて信じられない。あなたはもっとおとなしいタイプだと思っていたのに！」

「彼と寝るつもりはないわ」ローラは熱をこめて言った。「彼の娘も一緒に行くんだし。そもそも向こうは私に興味なんてないのよ。気のあるそぶりすら見せていないんだから」

「だから心配しているんじゃないの」シルヴィがあっさり反論した。「あなたも万が一のために備えておいたほうがいいわ」

「万が一って？」ローラは真っ赤になった。「もうっ、シルヴィったら！　いい加減にして！」

「どうして？　あなた、妊娠したいの？」

「ばか言わないで」ローラはカンバス地の大きなバッグにビキニを押し込んだ。「どのみち沖に出たとたんに私は吐き気に襲われるんだから」

その後まもなくローラは迎えの車に乗り込んだが、すっかり自信を失っていた。シルヴィが正しかったら？　ジェイソンに迫られたらどうするの？　未経験だといっても、これまではとくに問題もなかった。けれど、知り合いの女性たちが経験豊かだったことを思い出すと、ジェイソンが二十一歳のバージンにどんな反応を見せるか考えずにはいられない。

大型のスクーナー船を目にしたとたん、ローラの頭の中からはそんな考えも吹き飛んだ。こんな船で海に出るのは初めてだ。それに、周囲のものに意識を向ければ、状況はいくらか楽になる。けれどシルヴィにあんなことを言われたら、ジェイソンに自然に接するのは難しい。Vネックで袖なしの黒いTシャツと、腿の中ほどまでの同色のショートパンツを身に着けた彼は、危険なほどすてきだった。ジェイソンを意識するあまり、ルシアのしかめっ面もローラの目に入らなかった。

出帆してしばらくたち、ジェイソンへの警戒心も薄れたころ、ヨットの名がローラ・Mだと気づいた。

「ローラ？」彼女は眉を吊《つ》り上げてジェイソンを見た。「いったいどうして――」

「僕の母の名前なんだ」彼は静かに答えた。その目がローラの袖なしのブラウスのネックラインからのぞく蜂蜜色の喉元を見つめている。ローラは顔を赤らめた。「ルシアにもそう名づけたかったが、レジーナが反対してね。そこで妥協した。だが、僕は今もローラのほうが気に入っている」

そのとき、ルシアの鋭い視線に気づいて、ローラはジェイソンから目をそらした。しかし、彼の言葉はしばらく心から離れず、喉がからからになった。

すばらしい天気だった。港を出てから風向きが安定しなかったが、船の上下動もローラにはまったく影響がなかった。そこでデッキのラウンジチェアの一つに座ると、太陽に顔を向けた。

ルシアはひどく無愛想で、ローラが話しかけてもことごとく無視した。今はデッキの下のどこかにいるらしく、ローラが太陽のまぶしさに目を閉じたとき、乗務員に八つ当たりするルシアの声が聞こえた。

「それでは服を着すぎじゃないか？」ジェイソンが静かに尋ね、ローラの隣に腰を下ろした。

ローラはぱっと目を開けた。彼が近づいてきたことにも気づかなかった。「私は……肌が炎症を起こすので」今着ているコットンのパンツは脚全体を覆っている。ジェイソンの前でビキニ姿をさらすのは気が引けた。

「サンオイルは持ってこなかったのか?」ジェイソンがすかさず尋ねた。脇に置いたバックから、ココナツローションのボトルがのぞいている。

ローラはまた赤くなった。「いいえ、でも……」

「水着を着るといい」ジェイソンがこともなげに言った。「炎症が起きないよう僕が気をつけるから」

反論もできたが、無意味に思えた。この週末、彼に見つめられるたび、取り乱したバージンのように振る舞うわけにもいかない。ローラはしかたなく船室に下りて小さなブルーの水着を引っ張り出した。

ローラがデッキに戻ったとき、ジェイソンはTシャツを脱いでラウンジチェアに寝そべっていた。目を閉じているので、ローラは体を見られずにもとの場所に戻った。彼は太陽の光に過剰にさらされても、なんの問題もないらしい。筋肉質の体は褐色に日焼けし、湿りけを帯びて光っている。

ローラの体重がかかってラウンジチェアが動き、ジェイソンがぱっと目を開けた。ローラは彼の品定めの視線を感じながら、サンオイルのボトルに手を伸ばした。「よし」ジェイソンが体を起こした。「背中に塗ってあげよう。うつぶせになって」

ローラはためらった。「それはちょっと……」

「どうして?」彼の挑戦的な視線を受けて、ローラはひるんだ。「さあ、横になって。僕だって、観客がいるところでは節度は守るさ」

ローラは腹這《ば》いになった。「どういう意味かわからないんだけど」

「わかっていると思うが」ジェイソンは冷淡だった。「誰かに何か吹き込まれたんだろう。僕は信用できない男だと警告されたのか」

「違うわ!」

「いや、そうだ」ジェイソンはきっぱり言いきると、ローラの背筋に冷たい液体を垂らした。ローラははっと息をのんだ。「誰だ？　レジーナか？　そこまで彼女と親しくなったとは思わなかった」

「親しくなんかなっていません」ローラは組んだ腕の上に頬をのせた。「ほとんど話もしてないのに」

「そうか」ジェイソンは絹糸のようなローラの髪を脇に寄せてから指にサンオイルをつけた。「だったら誰だ？　ルークか？　フィル・ローガンかな？」

「誰でもありません」ローラは言い張った。ジェイソンが彼女の肩をマッサージしはじめた。彼の手はまさに禁断の喜びだった。「うーん、いい気持ち」

「そうだろう？」巧みな指先がビキニのトップのホックをはずして、感じやすくなった背中を一直線になぞった。「君が触れさせてくれたので驚いた」

「ミスター・モンテフィオーレ、お願いです！」ローラは落ち着きを保つのが難しくなっていた。「私……お願いですから、ホックを留めてもらえませんか？　あとは自分でしますから」

ジェイソンはその言葉を無視して、腰のカーブから腿、敏感な膝の裏側へとサンオイルを垂らしていく。ローラはなんとか胸を浮かさずにビキニのホックを留めた。一方ジェイソンは明らかに満足した様子で、ローラの足の裏にまでオイルを塗り終えた。

ローラがやっとのことで膝立ちになったとき、ジェイソンの唇にセクシーな笑みが浮かんでいた。

「ありがとう」感謝などしていないのに、ローラは礼を言った。「ボトルを返してもらえません？」

ローラがサンオイルをおなかに塗ったとき、ルシアが現れた。敵意を向けられるだろうと思いながら、興味を持って少女を見た。ところが驚いたことに、ルシアは青ざめ、冷や汗をかいている。

「パパ、気持ちが悪い」ルシアが腹部を押さえて訴えた。

ジェイソンがさっと立ち上がった。「本当か、スイートハート？　出かける前に何か食べたのか？」

ルシアは首を横に振った。「食べられなかったの。ああ、パパ、吐きそう！　なんとかして！」

ジェイソンは困惑した様子で髪をかき上げた。彼と目が合ったとき、ローラは立ち上がった。「あとは私が」そう言ってルシアに近づき、腕を回した。「さあ、ルーシー。下に行きましょう」

ルシアは逆らわず、ローラに連れられて船室に戻った。ローラは彼女をベッドに寝かせたあと、前方のサロンに飛んでいき、バーからブランデーのボトルを持ってきて、水を混ぜてから、少女に飲ませた。フェリーに乗ってチャネル諸島に渡ったとき、ローラにはこれが効き目があったからだ。

実際、効き目があった。吐き気が引いていくと同時に、ルシアの頬に赤みが戻ってきた。

「ありがとう」ルシアはぶっきらぼうに言った。

ローラはほほえんだ。「私があなただったら、眠ろうと努力するわ」やさしく言うと、ドアに向かった。「隣の部屋にいるから、用があったら呼んでね。もうお昼だし、私も着替えるわ」

「せっかくの午前中を台なしにしてしまってごめんなさい」背を向けながら、ルシアがつぶやいた。

「気にしないで」ローラは自分の船室に引き返した。

シャワーを浴びて体を拭いているときに、船室から物音が聞こえてきた。服はベッドの上に置いてきてしまったので、体にタオルを巻いてバスルームを出ると、ジェイソンが広い胸の前で腕を組み、窓のほうを見つめていた。

彼は振り返り、ローラを上から下まで眺めた。

「君も具合が悪くなったのかと思った」

「私は大丈夫」ローラはあわてて言った。「ルシアの様子は見ました？　じきによくなると思います」

「あの子は眠っていた」ジェイソンがうなずく。

「ありがとう。娘とはあまり会えないので、ちゃんとした親子の関係を築いているとは言えないんだ」

「でも」ローラはこれ見よがしにしっかりとタオルを押さえた。「ルシアがもう少し大人になれば、自分でいたい場所を選べるようになるでしょう」

「その言葉をどう解釈したらいいのかな？」ジェイソンが厳しい声で尋ねた。「ルシアが母親とではなく、もっと僕と過ごしたがるということか？」

「私には関係ないことですから」

「そう、確かに関係ない。だが、僕は興味を引かれた」ジェイソンが一歩前に進み出た。「君はレジーナが好きではなさそうだ」

「そんな、ミスター・モンテフィオーレ……」

「僕の名はジェイソンだ」彼はそっけなく言った。「そう呼んでくれ。君のイギリス人らしい慎み深さは承知している。だが、こんな状況で見ず知らずの他人のように接するのはばかげている」

「見ず知らずの他人のように接しているわけじゃありません、ミスター・モンテフィオーレ」ローラは乾いた唇を湿らせた。「雇い主だと思って接しているだけです」

「君の雇い主か、なるほど」ジェイソンの唇が引き結ばれた。「では、君の雇い主として、僕の別れた妻について意見を聞かせてほしい」

ローラはため息をついた。「お願いです……」

「何をだ？」ジェイソンはかっとなって言い放った。「いったい僕にどうしてほしいんだ？　沖に出てからずっと、君は僕に襲われるんじゃないかと思ってるみたいに振る舞っている。僕は無理強いはしない──少なくとも、何もわからないおびえたバージンには！」

ローラは一歩退き、片手を喉に押し当てた。シルヴィは間違っていた。あんな言葉を聞かなければよかった。どんな男性も自分を欲しがると考えるような、とんでもない女だと思われたに違いない。

「すまない」ジェイソンは怒りを抑えつつ、髪をかき上げた。「こんなことを言うつもりじゃなかった。それに本気じゃない。いいかい、ローラ、なぜ僕がこうして君を連れてきたと思っている？」

「それは聞きました」

「いや、違う」ジェイソンが背を向けた。「すべてを聞いていない。僕が君を連れてきたのは、君と一緒に過ごしたかったからだ。オフィスを離れた場所で。僕は君が好きだ。君はいい子だ。僕はそのことをきちんと考えていなかった。それだけだ」

ローラの中で信じられないという気持ちがふくらんでいく。「まさかあなたは……」

「僕は君に惹《ひ》かれている。こんなふうに自分の思うようにできないのは生まれて初めてだ」

ローラは震えていた。だが、これだけは言わなければならない。「私は……おびえたバージンかもしれないけれど、子供じゃないわ、ジェイソン」

ジェイソンはわずかに体の向きを変え、彼女を見た。「どういう意味だ？」

ローラの勇気は失《う》せてしまっていた。「私は……その……なんでもない……」

「ローラ？」ジェイソンは今、ローラの目の前に立ち、両手を彼女の肩に置いて親指でむき出しの肌をなぞっている。「ああ……僕を見てくれ！」

ローラはしぶしぶ顔を上げた。だが、ジェイソンの瞳にくすぶる情熱を見たとき、頭の中からすべてが消えてしまった。近づいてくる彼の顔をなすすべもなく見つめていると、やがて唇が重なった。

これまでジェイソンにキスされたらどんなだろうと想像していた。仕事をしながら心の中で、彼の顔に手をすべらせ、濃いまつげに指で触れていた。けれど、実現するとは期待していなかったし、あの唇がこれほどの喜びをもたらすとは思ってもみなかった。舌先でつつくように刺激されると、ローラの唇は開いて、激しいキスを許した。

ようやくジェイソンが唇を離し、ローラは大きく空気を吸い込んだ。彼はローラのつややかな髪に顔をうずめた。「こんなことをするつもりじゃなかった」片手を髪の下にくぐらせてうなじを愛撫《あいぶ》する。「少なくとも、今は」ジェイソンは正直に言い、顔を上げて彼女を見下ろした。「君はいやか？」

ローラは手を上げて彼の頬に触れた。うめき声とともにジェイソンが再び彼女の唇を求めた。次に彼が顔を上げたとき、ローラは抗議の声をもらした。

「君は自分が何をしているかわかっていないんだ」ジェイソンはやさしく、だがしっかりとローラの体を押しやった。「僕は行ったほうがいい。君は服を着るんだ。デッキでランチをとろう。いいね？」

「どうして？」ローラはジェイソンがかき立てた思いに、なおも夢見心地だった。くぐもった悪態とともにジェイソンがドアに向かった。

「なぜなら、今出ていかなければ、出ていけなくなるからだ」ジェイソンの率直な答えに、ローラの顔は燃えるように熱くなった。

ルシアもランチに同席した。シェフが用意した新鮮なサーモンはほとんど口にしなかったものの、そのあとのフルーツサラダは楽しんで食べていた。相変わらずぶっきらぼうではあったが、ローラにも一度か二度話しかけた。

ローラにとって食事は一種の試練だった。先ほどの奔放な振る舞いを思い出すと、ジェイソンの顔を見るのもつらかった。午後はジェイソンが仕事で船室にこもっていたので、ローラは横になろうと考えた。意外なことに即座に眠りに落ち、目が覚めたときには、すでに日が暮れようとしていた。

ディナーはサロンに用意された。船長のアレック・カウレイが同席した。ローラは食事にふさわしいドレスを持ってきてよかったと思った。細い肩紐《ひも》のシルクのワンピースで、ダークブルーの色が肌の白さを際立たせ、瞳の色を濃く見せる。

「あとどのくらいで着くの、パパ？」給仕係がワインを再びグラスにつぐとき、ルシアが父親の注意を引こうとして尋ねた。ジェイソンは眉をひそめた。

「君が朝目覚めるころには、コナにいるよ、かわいいお嬢さん」アレック・カウレイが助け船を出した。

「それに君がもし七時までに起きてこられたら、私と一緒に朝の一泳ぎが楽しめる」

「いいかもね」父親がルシアのグラスを手で覆ったので、彼女はしかめっ面をした。「パパも付き合うでしょう？　私が水をたくさん飲んでもいいの？」

「いいよ」ジェイソンが楽しげに答えた。黒のシャツとズボンという姿は危険で魅力的だ。男性二人はネクタイは締めていたが、ジャケットは脱いでいた。貿易風は吹いているものの、今もかなり暑い。

「それで、パパはどうするの？」ルシアがしつこく問いかける。それから気乗りがしない様子でローラをちらりと見た。「それに……ローラも」

「ぜひ私も泳ぎたいわ」ローラは熱をこめて言った。少なくともルシアは社交的になろうと努力している。

「だったら、七時に集まりましょう」

「僕はいい」ジェイソンがナプキンを置いて立ち上がった。「遠慮しておくよ。明日は長い一日になりそうだから」

ローラは目を上げて疑わしげに彼を見た。今の説明では理解できなかったが、アレック・カウレイも続いて席を立ってしまったので、その話題は立ち消えになってしまった。

ルシアもすぐに席を立った。父親に禁じられるまで飲んでいたワインのせいで、まぶたがくっつきそうだった。「おやすみなさい、パパ」彼女は父親を抱きしめて頬にキスをした。ジェイソンはドアから出ていく娘をいとおしげに見つめていた。

ローラもおやすみなさいと言いたかったが、ジェイソンが機先を制した。「ここを片付けるあいだ、僕たちはデッキに出よう」

すばらしい夜だった。ベルベットを思わせる漆黒の空に、星がダイヤモンドのように輝いている。高速のスクーナー船は水の上をかすめるように進み、帆は風を受けてふくらんでいた。

「寒くないか？」ローラが無意識に身震いしたのを察知して、ジェイソンが尋ねた。

「いいえ……いい気分というだけ」ローラはかぶりを振った。「きれいな船ね」

「そう思う」ジェイソンはローラの隣に立ち、手すりにもたれていた。船内から明かりが届いているにもかかわらず、彼の顔は陰になっていた。「君が同じ気持ちでうれしいよ」

ローラは肩をすくめた。「連れてきてくれてありがとう」

「本気でそう思っているのか？」

ローラは身を震わせた。「もちろん」

「あんなことがあったのに？」

ローラは顔を伏せた。「何もなかったわ」

「そうだな」ジェイソンは遠くの水平線に目を凝らした。「僕もまだそこまでは落ちていない」

「どういう意味？」

「つまり……バージンを誘惑することさ」ジェイソンは簡潔に答えた。「話題を変えないか？」

「予想外だったのね？」ローラはそっと尋ねた。

「あなたがあんなことを言ったから、私は――」

「そうじゃなければいいと思ったさ」ジェイソンはデッキのほうに向き直った。「戻って何か飲もう」

「待って！　まさか……その……犯罪だとでも？　セックスの経験がないのがそんなに悪いこと？」

「ばかを言うんじゃない」ジェイソンがいらだった。

「だったら、なんなの？」ローラは無理やり彼を自分のほうに向かせた。「私は……男性経験がないから、魅力がないの?」

　ジェイソンはローラをじっと見つめた。「君は自分が何を言っているかわかってるのか?」

　ローラは顔を赤らめた。「あなたは?」

「どうやらワインに酔ってしまったみたいだな」

「でも、あなたは違うのね」

「ローラ、火遊びはやめるんだ!」

「どうして私が火遊びを?」ローラはかすれた声で尋ねた。「まっとうな質問をしただけなのに」

「わかった、わかったよ」ジェイソンは悪態をつきながら振り向くと、ローラを手すりと自分の体のあいだにとらえた。「答えを教えてあげよう。そうさ! 君がすでにほかの男と寝ていたら、僕にとってもっと魅力的だっただろう。これで満足か?」

　ローラの夢は破れた。「ありがとう」

「礼なんていい!」ジェイソンは体を起こしてローラを放した。「さあ、中に入って何か飲もう」

「私は……そんな気分じゃないので」彼女は張りつめた声で言った。「よろしければ……失礼します」

　船室のドアには鍵がないが、いずれにしてもローラには鍵など必要なかった。そのあとしばらくして、ノックの音が聞こえ、ローラは上掛けの下から顔を上げた。ルシアに私のすすり泣きが聞こえたのだろうか? 隣の船室まで声が聞こえたの?

「誰……誰なの?」ローラは小さな声で尋ねた。返事はなく、恐ろしいことにドアが押し開かれた。ベッドの上を照らす壁の明かりに、苦悩のまなざしを向けるジェイソンの姿が浮かび上がった。

「やはりそうか!」一目でローラの様子を見て取り、彼はドアを開けたまま、ベッドに近づいてきた。

　ジェイソンは裾と袖口に刺繍《ししゅう》のある深紅のキモノ風のローブを着ていた。むき出しの脚が見えているので、おそらく下は何も着ていないのだろう。シャワーを浴びていたのか、髪は濡《ぬ》れていた。スパイシーなコロンの香りが嗅ぎ取れる。

「君に違いないと思ったんだ」ジェイソンが陰鬱な目でローラを見下ろすと、腰をかがめて彼女を抱き上げた。「ここでは話ができない」彼はローラに逆らう暇も与えず、ドアのほうへ引き返した。

ジェイソンの船室は男性的な内装の続き部屋だった。ローラが下ろされたベッドは、濃い茶色のシルクのシーツに覆われ、茶色と金色の柄の上掛けがかかっていた。ベッド脇のテーブルに仕事のファイルが無造作に置かれ、寝酒に飲んでいたらしいブランデーの香りがした。

ジェイソンは隣の居間に行き、グラスを持って戻ってきた。「これを飲んで」彼はローラの隣に腰を下ろして脚を組んだ。「よく眠れるだろう」

彼女はくすんと鼻を鳴らした。「ごめんなさい」

「どうして謝る?」

「だって……ばかなまねをしているから。いつもは……こんなじゃないのに」

彼の唇が皮肉っぽくゆがんだ。「そう願うよ」

「ええ、本当よ」ローラはブランデーを一口飲み、しかめっ面をした。「あなたにどう思われたか」

「もう君はわかっていると思うが」

「いいえ、わからない」ローラが再びくすんと鼻を鳴らすと、ジェイソンがティッシュの箱を手渡した。

彼はローラが落ち着きを取り戻すまで待っていた。それから静かに尋ねた。「ここにいたいか?」

「つまり……この部屋に、ということ?」

ジェイソンはブランデーがこぼれる前に彼女の手からグラスを取り上げた。「ほかにどこがある?」

ローラはまじまじと彼を見つめた。「つまり……あなたと寝るという意味?」

「つまり……僕と寝るという意味だ」ジェイソンが認めた。「ああ、そうさ、それが僕の望みだ!」

「でも……さっきあなたは……」

「嘘《うそ》をついたんだ」ジェイソンはローラの手を取って唇に運び、敏感な手首の内側を舌先で愛撫した。

「ローラ、僕は君より十歳は年上だ。それに僕がどんな種類の男か、君に吹き込む連中が大勢いるだろう。だから、さっきはあんなことを言った」

「ジェイソン――」

「だめだ、話を聞いてくれ」彼は頭を下げて、唇でローラの口を封じた。「君がここにとどまれば、何が起きるかは君もわかっているだろう。僕は男で、聖人ではない。こんな自分は褒められたものではないが、自分のしていることはわかっている。君にもきちんとわかっていてほしい」

ローラが実際にその言葉について考えたのは、ホノルルに戻ってからだった。そのころ考え直したとしても遅すぎた。とはいえ、避妊についてはシルヴィの助言に従った。彼の子供を身ごもることに憧れはあったが、それは自分の役割ではない。

心からジェイソンを愛しているけれど、彼が愛していると一度も言ってくれなかったのは承知していた。彼は私を求めている。それはローラも疑っていない。実際、恋人になってから二週間もたたないうちに、ジェイソンは引っ越してこないかと誘ったのだ。その後一カ月、ローラは煮えきらない態度をとっていたが、結局彼に説き伏せられた。

それでもローラは現実を見つめ、いつかはジェイソンも新しい相手を見つけるだろうと思っていた。彼はずっと一人の女性で満足できるような男ではない。レジーナが意地悪くそれを思い出させた――ローラも大勢いる女性たちの一人にすぎないのだと。

そういった言葉にも、ローラはけなげに耐えてきた。そしてジェイソンとの関係は、秘書のマーシャが復帰したあとも続いた。ジェイソンはそれを機にローラに秘書の派遣会社を辞めさせた。そうすれば、アメリカ本土に出向くときにも彼女を同行させられる。彼は妹と母親にローラを紹介しさえした。父親のマルコ・モンテフィオーレとの関係はかなり冷えきっていた。父親の仕事と何かかかわりがあるらしいと思ったが、ローラは詮索しなかった。

二人の関係が二年も続くと、自分の地位が確立したような気にもなる。だからこそ、あの爆弾がはじけたとき、対処できなかったのだ。ジェイソンにだまされただけでもひどいのに、彼のせいで人が亡くなったと知ったのだから、我慢の限界を超えていた。

ローラはジェイソンと話し合おうとした。自分の気持ちを伝え、どんなに傷ついたか打ち明けようとした。けれどジェイソンは聞く耳を持たなかった。あの恐ろしい午後、ローラの世界は粉々に砕け散った。二度ともとに戻らないと思うほどに……。

7

小型ジェット機が島に向かって下降を始めたとき、太平洋のあたたかい水は澄みきっていた。何時間も一万メートル上空をひたすら南西に向かって飛んでいた。そしてモロカイ島がちらりと見えたあと、機体はあっという間に高度を落とし、カウラナイ島に近づいていく。ローラは心もとなさを感じながらも、ある期待感を否定できなかった。

それも当然だろう。好むと好まざるとにかかわらず、パメラの出産までこの島が我が家になるのだ。ジェイソンが建てたという家を見たいと思ったとしても、責められないはずだ。

パメラが先に来ていると聞かされたときには、シヨックを受けた。ローラはロンドンで身辺を整理したあと、再びサンフランシスコに戻り、妹を連れてカウラナイに引っ越すつもりだった。だが、ジェイソンがすでにパメラに会って、弁護士に問題処理に当たらせていた。驚いたことに、妹はなんのためらいもなくジェイソンに頼っていた。しかも三日間も彼の家でのんびりしたという。そんなわけで、予定変更を伝えるつもりでこうしてロンドンに飛んできたのだと、ローラと愛し合ったあと、ジェイソンが説明した。これで彼女がアメリカ本土に向かう必要はなくなった。

この新たな展開に、ローラは動転した。パメラはしかたなくハワイに来るのだと信じ、姉妹が顔を合わせたときには言い争いもあるだろうとなかば覚悟していた。ところが、パメラはもはや真剣にマイク・カザンティスをさがす気もないらしい。思っていたよりパメラの心がもろくはないとわかって、ローラは複雑な気分だった。

「疲れたのか？」

ジェイソンの声が上から聞こえ、ローラははっとして顔を上げ、頬に血がのぼるのを感じて困惑した。昨夜の出来事を頭から追い払うのは、とてつもなく難しい。朝の光の中で冷静になったローラは、ジェイソンを激しく非難した。彼は態度を硬化させ、一言の謝罪もなく、服を着て出ていった。ジェイソンはまったく後悔していない。ローラはあっさり体を許した自分がいまいましかった。愛を交わしたことで、彼はまんまと彼女の体の所有権を取り戻し、自分の優位を証明した。

「少し」近くにいる乗務員のジュリーを意識しながら、彼の問いに答えた。長いフライトだった。ハワイ諸島の上では午後の太陽が輝いているが、ローラの体内時計ではすでに翌日の早朝だった。

「眠れたのか？」ジェイソンがしつこく尋ねたので、

ローラは無理に顔を上げて彼を見た。ジェイソンは信じられないほどハンサムだ。黒のリーバイスに合わせたコットンシャツは、袖をたくし上げて腕をあらわにしている。不公平だわ、とローラは考えた。激しい夜の疲れの余韻を残す目の下のくまでさえ、危険な魅力を付け加えるだけなのだから。セックスアピールもむき出しの男らしさも、生まれつきのものだ。ジェイソン自身もそれがわかっていて、必要なときはその魅力を利用する。

「少しは」ローラは膝の上で両手の指を組み合わせた。「あなたは?」

ジュリーの手前、ちょっと尋ねただけの質問だったが、ジェイソンはローラの脇に腰を落とすと、物憂い尊大な態度で静かに認めた。「多少は」長い指が座席の肘かけをとらえたので、ローラは彼に触れないよう腕をしっかり体に引きつけた。「ベッドで少しやすんだ。君も来てくれると思ったが……」

ローラは身を震わせた。「そんなこと、考えるのもやめて!」

「なぜだ?」ジェイソンの声にはかすかな刺《とげ》があった。「僕たちがベッドをともにするのは、何も初めてではないんだし……」

「やめて!」ローラはジュリーのほうをちらりと見たが、乗務員は前方のキャビンに行き、今は二人だけだった。「どうして私を苦しめるの? 人を痛めつけて喜びを感じる趣味でもあるの?」

いきなりジェイソンが立ち上がった。「言わせてもらえば、僕の体にはゆうべのあざがある。それが何かを証明していると思うが」

「ジェイソン、やめて!」

「君は僕を嫌悪している。それはわかっている。今朝、そう聞いたから」ジェイソンの唇がゆがんだ。「残念だが、君はこれから耐えなければならない」

彼はローラから離れて、反対側の肘かけ椅子にどさりと座った。着陸を目前に控え、ローラはぎこちなくシートベルトを手さぐりした。珊瑚礁《さんご》が浅瀬に変わり、渦巻く波が白い砂浜に打ち寄せている。息をのむほど美しい。まさに楽園の島だ。

背の高いパンダナスの木の向こうに、細い滑走路が現れた。灼熱《しやくねつ》の太陽のもとで揺らいで見える一本のその道は、飛行機が着陸するには少し短いように思えたが、ジェット機はなめらかに舞い下りた。

着陸するやジェイソンはシートベルトをはずして立ち上がり、わずかな手荷物を取り上げた。ヒースロー空港では必要だった黒のスウェードのジャケットは、無造作に肩に引っかけている。

彼が待っていると気づいて、ローラもシートベルトをはずして立ち上がった。ジェット機の扉のロックが解除され、外に押し開かれた。副操縦士のクラーク・シンクレアが折りたたんであったタラップを下に伸ばした。「懐かしき我が家ですね」彼はそう言いながら、うしろに下がってジェイソンを通した。

ローラはジェイソンのあとからタラップを下りながら、今朝ロンドンを発《た》つとき、薄いコットンのシャツとパンツを選んで正解だったと思った。

乗務員たちに別れの挨拶をしたあと、ジェイソンが滑走路の端に止めてあった白のコンバーティブルを指し示した。「行こう」

「私の荷物が」ローラは肩越しに心もとなげな視線を投げかけた。彼は忘れてしまったのだろうか。

「フランクが誰かに届けさせる。心配はいらない。着るものがなくて裸で寝るようなことにはならないから——もちろん、そうしたいなら別だが」

ローラは唇を引き結んだ。「必ずそこに話を持っていかないと気がすまないの?」なぜか彼女は泣き出しそうになっていた。すると、わずかにジェイソンが表情をやわらげた。

「僕が君を求めていたように、君も僕を求めていたのに、必ず偽らないと気がすまないのか？」ジェイソンが辛辣に言い返し、ローラは顔をそむけた。

「あなたが無理に……」

「ある時点までだ」ジェイソンはぶっきらぼうに言った。「僕はこれまで、ただの一度だって女性をレイプしたことはない！」

「あなたがレイプしたなんて言っていないわ――」

「かなりそれに近いことを言ったじゃないか」ジェイソンは車に近づき、ブリーフケースを後部座席にほうった。それから表情を取り繕って、車に寄りかかっている若い男性に親しげな笑みを向けた。「やあ、ジョナ、お母さんの具合はどうだ？　ルークが送った薬を試してみたのか？」

「はい、ミスター・モンテフィオーレ」ジョナは誇らしげに答えると、ローラのために助手席のドアを開けた。乗り込んだローラは、ジェイソンが口にした名前を聞いて、しばし敵意を忘れた。

「ルークって、ジェイソン？」運転席に着いたジェイソンに尋ねる。「ルーカス・カマラのこと？」

「君もすべてを忘れていたわけじゃないんだな」

「ルークのことは覚えているわ」ジョナが後部座席に飛び乗ったとき、ローラは弁解するように言った。どうしてあのチャーミングなハワイ人を忘れられるだろう？　彼はずっとやさしかった。ローラは自分で思っていた以上に、穏やかでユーモアのある彼が懐かしかった。「今、彼はどこに？」

「以前と同じところにいる」ジェイソンはエンジンをかける前に、ローラのほうに考え込むような視線を投げかけた。「ブルー・オーキッドに。今はすべてをまかせている」彼はいったん言葉を切った。「君はルークに頼むべきだったんだ。彼なら君の電話についても僕に話さなかったかもしれない」

ローラは眉をひそめた。「どういう意味？」

「ルークなら僕を気遣ってくれる」ジェイソンは答

えをはぐらかし、車を発進させた。そしてローラが問いただす前に、ジョナに話しかけていた。

　小さな飛行場を出ると道は曲がりくねったのぼり坂になり、松とユーカリの木々のあいだを抜けて、海岸からかなり高くのぼったところで砂利道になった。突き出た岬に沿って進む車から、下の砂浜全体が見渡せた。海岸から広がるバナナやパイナップルの畑や、波打つ砂糖黍《さとうきび》畑も見える。ローラは周囲に驚きの目を見張った。島にはジェイソンの家だけかと思っていたのに、かなり豊かな集落のようだ。

　やがてローラの予想を裏付けるように、村に到着した。広場のまわりに小さな建物が建ち並び、住人のための商店やガソリンスタンドなどがある。村の中央を流れる小川には吊《つ》り橋がかかっていた。車が渡れるほど頑丈には見えなかったが、ジェイソンは大声で挨拶する地元の子供たちに手を振りながら、すんなりと通過した。子供たちの顔立ちには中国系とポリネシア系の血がうかがわれる。ローラはこの島々の美しさを心に焼きつけようとした。

「ミス・パメラの様子は？」突然ジェイソンがジョナに尋ねた。ローラはうしろの若い男性を見た。ジェイソンのわずかな説明を除けば、妹の話はほとんど聞いていない。

「元気です」ジョナがすぐさま答えた。「リーアがちゃんと面倒を見ています」

「リーア？」ローラは信じられずに口にした。

「また過去がよみがえったのか？」ジェイソンがからかうように尋ねた。「リーアほどすばらしい家政婦を、僕が手放すとでも思ったか？」

　ローラはかぶりを振った。「彼女がオアフ島を離れるなんて思わなかったから」

「僕もだ」ジェイソンは肩をすくめて認めた。「だが、思っていた以上に、彼女は僕のことを気にかけていてくれたようだ」

まぶしい西日を受けて、ローラは目の上に手をかざした。細い道は下り坂となり、再び海に近づいている。太陽の光を反射して縞《しま》模様に輝く海は、目がくらむほどだ。

やがて車はジェイソンの家に入る白い門のあいだを抜けた。舗装された細い道なりに進んで、ハイビスカスの花が咲く斜面沿いを回っていく。なだらかな坂をのぼった先に、ホウオウボクに囲まれたプランテーションハウスが現れた。壁は白く塗られ、緑色の鎧戸《よろいど》はすべて開け放たれている。家を取り囲むテラスの高い柱が、その上の鉄製の手すりのついたバルコニーを支えていた。テラスに上がる浅い階段に大きな石の壺《つぼ》が並び、そこから真っ赤なポインセチアと白いカメリアの花があふれている。周囲にはなだらかに傾斜する芝生が広がり、その先は生い茂るパパイヤの木々だ。屋敷の向こう側は、間違いなく海だろう。暑い日でも、貿易風のおかげで屋内は涼しいに違いない。

「とても……美しいわ」ローラは車のドアを押さえたまま、顔を上げて屋敷を見上げた。ジェイソンが考え込むような視線を向けた。

「だったら、ここで暮らすのもそんなにつらくないだろう？」彼は車を降りてローラの隣に立った。

ローラははっと息をのみ、それからあわてて尋ねた。「パムはどこ？」

ジェイソンが答える前に、巨大なポリネシア系の女性が屋敷から飛び出してきた。ジェイソンが彼女に近づき、ローラは少し緊張して待っていた。電話を受けたフィル・ローガンや、再会したときのジェイソンの態度などを考えると、リーアに歓迎されるとは思えない。気にしないと自分に言い聞かせたもののの、同時に不安でもあった。

「ほんとにロンドンに行って帰ってきたんですか、ジェイソン？」リーアが声を張り上げ、ぽっちゃりした腕で彼を抱きしめた。「疲れた顔をしているわ」

彼女は体を引いて、ジェイソンの痩せた顔を見つめた。「ここを出てから、ろくに眠っていないんでしょう？」

「充分寝たよ」ジェイソンが振り返ってローラを呼び寄せた。「ごらん、リーア。約束どおり彼女を連れて戻った。また会えてうれしいと言ってやってくれないか。たぶん彼女は君に脚の骨を折られるんじゃないかと心配しているから」

「心配なんかしていませんから」ローラは唇を引き結んだ。「また会えてうれしいわ、リーア。こんなふうにお邪魔して迷惑じゃないといいんだけれど」

「ここはジェイソンのうちですよ。私はただの家政婦ですから、お嬢さん」リーアはローラにも探るような視線を向けた。「ずいぶんお久しぶりですね。今度はずっといるんですか？」

ローラはためらった。「あなたが受け入れてくれるなら」覚悟を決めてリーアと目を合わせると、家政婦は肩越しにちらりとジェイソンを見た。

「彼女も大人になったんですね」リーアはそう言うと、ローラに視線を戻した。ローラが挑発に乗らずに黙っていると、リーアも無言でうなずいた。

「パメラはどこに？」

ローラの問いに、リーアが黒い眉を吊り上げた。

「そろそろだと思いますよ」

あいまいな答えだったので、ローラは目を上げてジェイソンの顔を見た。「そろそろ？」

ジェイソンがいらだたしげに家政婦を見て言った。「彼女はここにいる。心配しなくていい。今はやすんでいるんだろう。そうだね？」家政婦が顎を動かして認めた。「君は部屋に行ってさっぱりするといい。リーアが案内するから。そのあとみんなで何か飲もう」

ローラはパメラの部屋はどこか、なぜまっすぐそこへ行けないのかと尋ねたかった。とはいえ、暑くて体が汗ばんでいる。さっぱりするというのはいい考えだ。

「わかったわ」ジェイソンの冷ややかな表情を読み取ることができず、ローラはしかたなく肩をすくめてリーアのあとから家に入った。

思ったとおり、屋敷の向こう側は海に面していた。板石のパティオと三日月形のプールはあるが、着替えに使う草葺《くさぶ》き屋根のカバナの先には、砂浜が広がっていた。太平洋の泡立つ波が、椰子《やし》の木のあいだの濡《ぬ》れた砂を洗っている。ここは熱帯の海から揺れる椰子までそろった、都会の住人が夢見る無人島だ。

この屋敷もまた、夢の住まいだった。ひんやりしたテラコッタの床に足を踏み入れた瞬間、ローラは上品で優雅な趣味に気づいた。その第一印象は、リーアに連れられて象牙色の手すりのついた扇形の階段をのぼったときに裏付けられた。あらゆるところに大小さまざまな絵画が飾ってあり、玄関ホールの吹き抜けの天井からは花火のようなシャンデリアが下がっている。

案内された部屋は主寝室だとローラは確信した。広い居間は白と金で統一され、白いベルベットのソファと肘かけ椅子、つややかな東洋のキャビネットがあった。衝立《ついたて》は明らかに日本のもので、床には凝った柄のくすんだゴールドの絨毯《じゅうたん》が敷いてある。

そこから見える寝室もまた広かった。もっとも、ローラの目は部屋の半分ほどを占める大きなベッドに吸い寄せられた。ヘッドボードは彫刻を施した古めかしいものだが、ベッドを覆う上掛けは鮮やかな翡翠《ひすい》色だ。

家政婦が部屋を出ていったあと、ローラはじっくりバスルームをチェックした。ジャクージ機能の備わった二つの円形のバスタブを見たときには少し怖《お》じ気《け》づいた。スモークガラスの鏡がさまざまな角度から彼女の姿を映し出していた。

今、ローラは海に面したバルコニーの鉄製の手すりに肘をつき、あのバスルームをジェイソンと使った女性はどのくらいいたのだろうと考えていた。とたんに嫌悪感を覚え、すばらしい景色も魅力を失った。そこで部屋を出て気分を変えることにした。

階段を下りたとき、屋敷の中は静まり返っていた。玄関ホールでしばし立ち止まり、間取りを確認した。右手は波形のアーチがあり、優美な居間に通じている。じっくり見たいと思ったが、あえてそちらに背を向けて、太陽の光が入る廊下を奥に向かって進んだ。やがて日の当たる暑いパティオに出た。

驚いたことに、あたりには誰もいなかった。プール脇に置かれたストライプのラウンジチェアがローラを誘っているように見えた。ブルーのタイルのプールもまた誘っているように見えたが、今は疲れ果てて入る気になれない。おそらく明日になったら、と思ったとき、ローラの脈が速まった。ほんの二十四時間前までロンドンにいたのが信じられない。私は今実際ここに――ジェイソンの家にいる。もう逃れられない。こうして自分の目で見ているにもかかわらず、すべてが漠然とした空虚な夢に思えてくる。

ローラはわずかによろめき、額に手を当てた。すると、たくましい腕が体に回された。「君は疲れきっているじゃないか」ジェイソンがそっとささやいた。ローラは体を引いて彼に向き直った。

「醜い老婆みたいだって言いたいんでしょう!」涙がこみ上げてきた。「パムは……どこ?」

「今こっちに来る」ジェイソンは無表情に答えると、ローラから離れて、芝生を横切ってくる黄褐色の髪の若い女性を出迎えた。

「来たのね!」パメラはくつろいだ様子で、うれしそうに挨拶した。自殺未遂を起こしたにしては、これまで見たこともないほど健康そうだ。彼女はローラのキスを受けてほほえんだ。「ここって天国みたいじゃない？」

「天国よね」ローラは同意しながら、声がとがっているのに気づかれなければいいがと思った。「元気だった？　今までどこにいたの？」

「あら、ジェイソンから聞かなかった？　私、バンガローにいるのよ――あっちにあるの」パメラは無造作に手を振り、林のほうを指した。「こっちのお屋敷に滞在するよりも楽だろうって、ジェイソンが言ってくれたの。メイドもいるし、キッチンもあるから、その気になれば自分だけでなんとかなるのよ」いかにも親しげにジェイソンの腕に触れる。

「今まで寝ていたの。ジェイソンが出かける前は、一緒に食事していたのよ。そうよね？」

「そうだね」

ジェイソンが笑みを返し、ローラは胃が締めつけられるのを感じた。「すてきね」二人のやり取りを無視することもできず、ローラはつぶやいた。緊張し、疲れきっているのはわかっていたが、突然何もかもが我慢できなくなった。「それなら、今夜は私がいなくても別にいいわね」ジェイソンがはっと息を吸い込んだが、ローラはぞんざいに続けた。「ひどく疲れているの。長旅のせいね……時差もあったし」言葉を切って、弱々しい笑みを浮かべる。「ごめんなさい、パム。でも、これ以上目を開けていられそうにないわ」

ローラが自分の部屋に戻ったとき、メイドがスーツケースを荷ほどきしていた。いつの間にか荷物が届いていたらしい。

「お願い」ローラはメイドに声をかけた。今にも泣き出しそうな気がしたが、自分でもどうしようもなかった。「それは自分でするわ。そのまま……ほうっておいてもらえる？　手伝いはいらないから」

寝室とバスルームのあいだにあるドレッシングルームで、クローゼットに服をかけていた若いメイドは、けげんな顔をした。「でも、リーアが――」

「僕からリーアに言っておく」ジェイソンの険しい声がさえぎり、メイドは顔を赤らめた。「あとは明日やればいい」彼はドアを開いて待っていた。メイドは小さく頭を下げると、部屋を出ていった。

ジェイソンと二人きりになり、ローラは深く息を吸い込んだ。なぜ彼がここまで追ってきたのかはわかっている。非難の言葉を待たずにバスルームに飛び込んだものの、ドアには鍵がなかった。ローラの押さえるドアをものともせずに入ってくると、ジェイソンは取り乱した様子で彼女を見た。

「いったいどういうつもりだ？　君は妹に会いたくてたまらないのかと思っていた」

「会いたくてたまらなかった――いいえ、今だってそうよ」ローラは身震いした。「ごめんなさい」

「なんてことだ！」ジェイソンはいらだたしげに髪をかき上げた。そしてローラが疲れきっているのを認めて、さらに激しく悪態をついた。「わかった、わかったよ。君の勝ちだ。服を脱いでベッドに入るがいい。明日の朝にはすべてが違って見えるさ」

「そう思う？」ローラは必死に涙をこらえていた。そんなぎりぎりの状態を察知したように、ジェイソンがローラを引き寄せた。

「信じるんだ」彼の両手がローラのうなじを撫《な》でている。「服を脱がせてやろうか？」

ローラはぶたれたように、さっと身を引いた。

「昨日と同じように？」

「そこまでばかにするのか！」ジェイソンは乱暴に言葉を吐き出し、軽蔑もあらわにローラを見た。

「君の言うとおりさ。君はまさに醜い老婆のようだ！　僕はそこまで切羽詰まってはいない！」

8

ローラは薔薇《ばら》とバーベナの香りで目が覚めた。潮風に混じって、特徴のあるさまざまな花の香りが開いた鎧戸《よろいど》から漂ってくる。

上質のリネンの枕カバーの上で寝返りを打ち、開いたバルコニーのドアを見て顔をしかめた。ベッドに入る前に閉めたはずだ。けれど記憶はあまりにおぼろげで、勘違いかもしれない。まばたきをして、薄いシーツのあいだで伸びをしたとき、不安の波に襲われた。ジェイソンはどこ？　首をめぐらせて、ベッドの隣に目を向けた。驚いたことに――そしてほっとしたことに――一人きりだった。

また寝返りを打ったとき、隣に人が眠った跡がないことに気づいて不快な懸念がわき上がった。ジェイソンはこのベッドに来なかった。ここは主寝室のはず。いったい彼はどこで寝たのだろう。

ローラは片肘をついて上体を起こした。今、何時だろう？　手首の腕時計をぐるりと回して時刻を見た。五時だ。日の光があまりに明るいので、もっと遅いのかと思った。

ため息をつくと、再び仰向けになった。頭がすっきりした今、昨日の自分の振る舞いを思い出さずにはいられない。私は子供っぽい態度をとった。けれど、あのときは混乱し、場違いな気分だった。パメラが現状を受け入れていたので、裏切られたように感じていた。

頭を振り、かすかに震える手で、編んだ髪をほどきはじめた。シャワーを浴びれば、自分の至らない点もあまり気にならなくなるだろう。今はジェイソンの残酷な言葉が頭の中で響いている。

窓の下のプールで何かの――あるいは誰かの――水音が聞こえた。ローラはおずおずとベッドから足を下ろすと、部屋を横切ってバルコニーに出た。

太陽の熱が活力を与え、朝の日差しが物憂い気分を追い散らした。ほどいた髪が肩に流れるのもかまわず、手すりの向こうをのぞき込む。

ジェイソンだ。彼は力強いストロークで苦もなくプールを往復していた。今は早朝なので、ジェイソンもまさか私がここで見ているとは思わないだろう。それに、向こうから見られずに、彼を観察するのはとても楽しい。

無邪気なのぞき趣味は、ジェイソンが水から上がったときに絶たれた。彼は一糸まとわぬ姿だった。濡《ぬ》れた髪を無造作にかき上げ、近くの椅子に置いてあったタオルを取り上げると体を拭いた。そのとき、ローラの視線を感じ取ったかのように、ジェイソンが目を上げた。ローラには逃げる暇もなかった。それに部屋に飛び込んだら、かえって罪を認めるようなものだ。罪悪感を覚えるようなことはしていない。

「よく眠れたかい？」ジェイソンはタオルをほうると、深紅のタオル地のローブを身に着けた。

「ぐっすり眠ったわ、ありがとう」ローラは張りつめた声で答えた。「あなたは？」

「気になるのか？」彼はローラを見上げて言った。

「すごく早起きなのね」ローラは話題を変えてみた。

「もう七時半だ」ジェイソンが答える。「いつなら早起きかによるだろうが、この時間にはだいたい起きている――とくに一人で寝ているときは」

ローラは眉をひそめた。「七時半？　五時半だと思っていたわ！」

「それは時計がロンドン時間のままだからだ。君は十五時間も眠っていたんだよ。下りておいで。一緒に朝食をとろう」

ローラはためらった。「シャワーを浴びるつもりだったんだけど」

「あとでいい」ジェイソンがきっぱりと言った。

「そのまま来るんだ。いつでもプールに入れる」

ローラはごくりと唾をのみ込んだ。「いいわ」唇を舌先で湿らせる。「五分待って」

「わかった」ジェイソンは物憂げに首を傾けて言葉少なに答えた。ローラは急いで中に戻った。

ドレッシングルームは片付いていなかった。しわだらけの服のほとんどはハンガーにかかっていたが、スーツケースは床に置いたままで、下着と靴はまだ出していない。昨日ローラはここからコットンのネグリジェだけを取り出して身に着けた。今度もまた中を引っかき回して、水着をさがした。

クローゼットの反対側に二つ並んだ洗面台の一つを使って顔を洗った。洗面台の上の鏡が白い肌を映し出したが、時間もないし、その気もないので、メイクは省いた。髪はどうしようかとローラは迷った。いつものようにきっちりまとめるべきだと思ったものの、時間が足りない。それに太陽から肩を守らなければならない。衝動的に一度ブラシでとかしたあと、腿までの丈のビーチ用の上着とサングラスを手に取った。

太陽のもとに出たときには、パラソルの陰のガラステーブルに搾りたてのオレンジジュースとあたたかなクロワッサンが用意されていた。ポットからは挽《ひ》きたてのコーヒーのいい香りが漂ってくる。

「勝手に二人分頼んでおいた」脱衣所のカバナのほうからジェイソンが戻ってきた。ローラは口を開けたまま、引き締まったブロンズ色の体を見ていた。彼はタオル地のローブを脱いで、裾を切ったショートパンツだけの姿だ。

「ありがとう」サングラスをかけていてよかったと思いながら、ローラは竹製の椅子に座って、グラスにオレンジジュースをついだ。

「そんなに着ていて暑くないか？」ローラが羽織っている上着を顎で示しながら、ジェイソンが冷ややかに尋ねた。

「これは……脱ぐつもりだったから」ローラは恥じらいながら袖を引き抜いた。シンプルなワンピース型の水着だが、彼の前ではひどく緊張してしまう。

「結局、水着を着てきたのか」ジェイソンもグラスにオレンジジュースをついだ。ローラは彼の視線を避けるためにグラスの中身に目を凝らしていた。

「水着なしでは下りてこられないわ」

「どうして？ ここのいいところはそこなのに。この場所は完全にプライバシーが守られている。リーアたちを除けば、だが」

「リーアたちがいるじゃないの」ローラは急いで口をはさんだ。「完全に二人きりじゃないわ」

彼は目を上げた。「それを望んでいるのか？」

「そんなことは言っていないわ。ただ……人がいるのに何も着ないで歩きまわるのは、私には無理だと言っているの」

「確かにそうだな」ジェイソンがからかうような笑みを浮かべた。「使用人たちには一日暇を出すよ」

「ジェイソン！」ローラは苦しげに息を吸い込んだ。「真面目な話はできないの？ なんと言ってパメラをここに連れてきたか、聞いていないんだけれど」

「君がきかなかったから」ジェイソンはまつげの陰からローラを見つめた。「何を知りたい？」

「あなたは……マイク・カザンティスを知っているとあの子に言ったの？」

「言ったかもしれない」

「彼が結婚していることも？」

「言ってほしかったのか？」

ローラはかぶりを振った。「わからない。妹がこのことを……状況の変化をどう受け止めているかわからないの。昨日あの子はとても……満足しているように見えたわ」

「それが問題なのか？」

「いいえ」ローラは両手を広げた。「ただ、カザンティスがここに来たらどうなるのか知りたいだけ」

「彼は来ない」

「どうしてそんなに自信を持って言えるの？　彼はあなたの妹の夫なのに！」

「アイリーンは僕がカザンティスをどう見ているか知っている」ジェイソンは皮肉っぽく答えた。

「私は知らないわ」

彼は眉を吊《つ》り上げた。「どう見ていると思う？」

「もう、はぐらかすのはやめて！」ローラはいらだった。「あなたはパメラを信じているの？」

「手紙が証拠なんだろう？」

ローラは目を見開いた。「あの子が見せたのね」

「どうやら」ジェイソンは肩をすくめた。「僕は彼女の期待とは違っていたらしい」

「どういう意味？」

「そうだな……」ジェイソンはためらった。「君の話から、彼女は僕がお堅い中年で、融通のきかない男だと想像していたようだ。僕がこんなことをするのは、君のタイピング速度がすばらしいからだとでも考えていたんだろう」

ローラの唇が開いた。「あなたは、まさか……」

「僕が本当は君のどこが気に入っているか話さなかったのかって？」ジェイソンが物憂げに尋ねた。「迂闊《うかつ》だった。そうすれば彼女も君がどんなにセクシーか……」

「ジェイソン、お願いよ！」ローラは真っ赤になってさえぎった。「ゆうべ……あんなことを言われたのよ。私をここに連れてきたのは……そんな気持ちがあるからだなんて嘘《うそ》はつかないで！」

「ゆうべ僕は何を言った？」

「わかっているはずよ」

「君が醜い老婆みたいだと言ったことか？」ジェイソンがわかっていながらきき返したので、ローラはこぶしを握りしめた。「僕は怒っていた。怒っているときにはいろいろなことを言う。言ったからといって、本気だとは限らない。それに今朝の君は醜い老婆には見えない。むしろ魔力で惑わす美女だと言うべきだ。髪はほどいたままがいい。僕は昔からそのほうが好きだった」

ローラは自分の手元を見下ろした。「私は切ってもいいと思っているの。あのころもこれほど長くはなかったわ……私が初めてハワイに来たころも」

「だめだ！」ジェイソンが真顔で言い、手を伸ばしてなめらかな髪を指に巻きつけた。「そのほうが涼しいなら編んでいてもいい。だが、切るな」

ローラは彼の強烈な男らしさに包まれるのを感じて息苦しくなった。まぶしい朝も、プールや色鮮やかな周囲のものも、珊瑚礁《さんご》の海の遠い波の音も消え、彼の目の輝きだけが残った。

「それは……私が決めることよ、ジェイソン」ローラはようやく口を開いた。

「だったらそれを条件にするまでだ、ローラ」ジェイソンは乱暴に彼女の髪を引っ張ってから手を離した。そのとき彼の向こうで何かがちらりと動き、ローラはそれがビキニ姿の妹だと気づいた。ジェイソンがローラの態度の変化を感じ取った。彼は振り返って、こちらに歩いてくるパメラを見ると、表情を険しくした。「これは、美しい」褒め言葉ではなく、むしろ苦々しい悪態だった。ジェイソンはいくらか乱暴に椅子を引いて立ち上がった。

「あら……起きていたの、ローラ」

姉に気づいたときのパメラの反応はうれしそうではなかった。ローラは憤りを感じるよりも、ジェイソンの辛辣な言葉が妹の耳に届かず、ほっとしていた。だが、パメラの口調は、姉妹の仲がよかったのは何年も前だということを思い出させた。

「ええ」横に立つジェイソンのいらだちを強く意識しながら、ローラは答えた。「今朝はずいぶん気分がよくなったの。ゆうべはごめんなさい。きっと、礼儀知らずだと思ったでしょう」

「あら、いいのよ」パメラはジェイソンが引いた椅子に優雅に腰を下ろすと、感謝の笑みで彼を見上げた。「姉さんはほんと、げっそりして見えたもの。私は飛行機に乗っても、あんなふうにはならないからよかったわ」

「そうね……とにかく……」ジェイソンが返事を待っていると気づいて、ローラは落ち着かなげに身じろぎした。「今回はかなり長時間だったから」

「あら」パメラは肩をすくめた。「気にしないで。ジェイソンと私はすてきなディナーを一緒に楽しんだから。そうよね？」ジェイソンに向けて言う。「彼はあまりがっかりはしていなかったけど」

パメラはあからさまに姉をのけ者にしようとしている。ローラは苦痛を感じて、鋭くジェイソンを見た。彼はパメラをどう思っているのだろう。見たとおり、妹に憤っている？　それとも今の状況を作り出した私にいらだっているのだろうか？　ジェイソンが妹に惹《ひ》かれるかもしれない——そんな展開は想像したこともなかった。

「お互い精いっぱい努力したと思う」ジェイソンはそう答えると、ひるまずローラの視線を受け止めた。「よければ僕は失礼する。電話をかけないといけないから。君たちは朝食を楽しんでくれ」

ジェイソンが立ち去ったあと、その場の空気が急に冷たくなったようだった。パメラにむっとした顔を向けられても、ローラは驚かなかった。

「どうして言ってくれなかったの？」パメラは怒りの目で姉を見た。「遅かれ早かれ、私に知られるとわかっていたでしょうに」

「言うって何を？」

パメラはいらだち、ガラステーブルを爪で叩《たた》いている。「しらばっくれないで！　まあ、話を聞いていたとしても、絶対に信じなかったでしょうけど。姉さんはジェイソンの愛人だったのよね？　なのに私はマイクとのことを話せなかったなんて！」

ローラは自分にあったとは思えないような落ち着きを見せてコーヒーをついだ。「それは非難なの？」

クロワッサンに手を伸ばしながらきき返す。「どっちにしても、あなたには関係ないでしょう」

「わからない？」パメラは不機嫌そうに椅子にどさりともたれた。「ジェイソンが私たちをここに連れてきたのは、それが理由じゃないの？　わからないのは、姉さんがどうやって彼をこの状況に追い込んだかよ。彼は姉さんのずうずうしさを嫌っているに違いないわ！」

手が震え、ナイフを持つのもやっとだったが、ローラはクロワッサンにバターを塗りつづけた。パメラは私が無理やりジェイソンに何かさせたと思い込んでいるの？　だとしたら、妹にはあの男の性格がまったくわかっていない。

「それはあなたの問題じゃないでしょう、パム」ローラは慎重に言葉を選んだ。「あなたはここにいる。そしてあなたの言うとおり、ここは天国のようなところよ。ほかのことは気にする必要はないわ」

「ええ、そうね」パメラは不満げに姉を見た。「私は気に入らないの。姉さんは捨てられた仕返しをするために私を利用しているのよ！　私は彼が好き。ほんとに好きなの。彼に私たち二人の面倒を見てもらおうだなんて調子がよすぎるわ！」

ローラは唖然《あぜん》とした。「パム……」

「姉さんが何を言おうと関係ない。私の気持ちは変わらないから」パメラはすねたように言い返した。

「私が出産するまで姉さんがここにいる必要はない

わ。私に付き添いはいらない。なんなら、バンガローを見に来ればいいのよ。何もかもそろってるわ」

ローラは信じられない思いで妹の話を聞いていた。本当にこれが私の妹？　ほんの二週間前、みずからの命を絶とうとしていたあの子なの？　短いあいだに何が起こったのだろう？　それに、子供の父親についてはどうなったの？　どうして彼の名前が一度も出てこないの？

ジェイソンね！　ローラは突然パメラがマイク・カザンティスに興味を失った理由に思い当たった。ジェイソンは何もしなくても、パメラの頭からほかの男のことを追い払っていた。先ほどの恐怖がよみがえり、ローラの胸は締めつけられた。

「ジェイソンが……私たちの関係を話したの？」

「もちろん違うわ」パメラは軽蔑もあらわに説明した。「彼が話すわけないじゃないの。実を言うと、リーアなの。彼女は私が何も知らないとは思わなかったのね」

「まあ」ローラはいくらか呼吸が楽になった。

「ホノルルのアパートメントのペントハウスに行ったことがあるかって彼女にきかれたの。姉さんはそこに彼と住んでいたんでしょう？」パメラは唇をゆがめた。「当然、私は行ったことがないと答えたわよ。まったくもう、いったいなんの話なのかって、もう少しできそうになったわ！　でも、きかなくてよかった。ずいぶんいい勉強になったもの」

ローラは片方の肩をすくめた。「なるほどね」

「それだけ？　なるほどね？」パメラは怒りの目で姉をにらみつけた。「それで？　姉さんはどうするつもり？　とにかく、ここにはいられないってわかったでしょう。ジェイソンにとってフェアじゃないし、私にとってもフェアじゃないわ」

「どうしてあなたにとってフェアじゃないの？」

「とにかく……そうなのよ」

「何はともあれ、あなたがここを出ていかないってことはわかったわ」ローラが静かに言うと、さすがのパメラも顔を赤らめた。

「できるわけないわ。だって……ばかげてる！　赤ちゃんを産んだあと、ハワイで仕事をさがしてくれるって彼が言ってくれたのよ。そんなチャンスをふいにするなんてどうかしているわ」

「赤ちゃんについては？」ローラは片眉を吊り上げた。「どうするか決めた？」

「自分で育てると思う」パメラは肩をすくめた。「そうでなかったら、ここにいてもしかたないし」

「そうね」ローラはしぶしぶながら認めた。パメラはあらゆる選択肢をはかりにかけて、自分にとっていちばんいいものを選んだのだ。それがここに滞在することだった。つまり、ジェイソンの土地に。

「それで……姉さんはこれからどうするの？」

「しばらくはこのままにしておくわ」ローラは明るく断言した。パメラの不機嫌な顔を無視して、立ち上がると、素知らぬ顔でパティオの端に向かい、手をかざして海を眺めた。「泳ぎに行ってくるわ。この時間は水もひんやりして気持ちいいの」そして振り向いてパメラを見た。「あなたも試すといいわ」

「泳ぎたくなったらプールで泳ぐわ」妹はぶっきらぼうに言い返した。「ずっとここに住むつもり？」

ローラはため息をついた。「ほかにどうすればいいというの？」

パメラが立ち上がった。「私と一緒にバンガローで暮らせばいいのよ」彼女はすぐさま答えた。「寝室は二つあるから。広い部屋よ」

「だったら、ジェイソンにそう言えばいいわ」ローラはそっけなく言った。言い訳をさがすことにうんざりしていた。「私はビーチに行くから。ジェイソンに会ったら、それも伝えて！」

9

ローラが二つあるバスタブの一つに浸《つ》かっていると、第六感のようなものが働いて、ここにいるのは一人ではないとわかった。だから振り向いたとき、ジェイソンを見ても驚かなかった。彼は物憂い様子でバスルームのドア枠に寄りかかっていた。彼の強烈なまなざしを受けて、ローラの顔は赤くなった。

「なんの用？」ローラは胸の上まで湯で隠れているのを確認した。

「なんの用だと思う？」ジェイソンは質問に質問で返した。それから口調をやわらげて言い足した。「君をさがしていたんだ。泳ぎに行ったとパメラから聞いたんだが、彼女は間違っていたようだ」

「いいえ……本当にしばらく泳いでいたのよ」ローラは急いで言った。「でも、一時間前に戻ったの」

「そうか」彼がうなずく。「楽しかったかい？」

「すばらしかったわ！」

「よかった」ジェイソンはドア口から離れて、大理石の床を素足で歩いてきた。「それで……君が妹に何を言ったのか教える気になったのか？　彼女は君が僕を脅迫していると考えているようだが」

ローラはうなだれて、無意識にうなじの繊細なカーブをあらわにした。「あの子がそんなことを？」

「それに近いことを」ジェイソンが彼女のすぐそばでしゃがんだ。「どうして真実を伝えなかった？」

「どのみちあの子は信じないと思ったの」ローラは正直に答えると、唇を湿らせた。「あなたはまた一人、征服したみたいね」

「それも僕のせいか？」ジェイソンは脚を開いて、腿の上に腕を置いていた。彼のすべてがセクシーで心を乱す。ローラも気づかずにはいられなかった。

「その……たぶん違うわ」ジェイソンが片手をバスタブに入れてかき回し、ローラはびくっとした。

「〝たぶん〟は不要だ」ジェイソンがいきなり立ち上がり、ローラを陰鬱なまなざしで見下ろした。

「君の妹をここに滞在させるのは、僕の目的にかなうからだ。彼女のではない」

「あの子にそう言ったの?」

「君はバンガローには行かないと言ったよ」彼は険しい顔で言った。「もっとはっきりと言ってほしいなら、それもできる。君が彼女のためにどんなばかげた話をでっち上げたか知らなかったし、君を嘘《うそ》つき呼ばわりされるのはいやだったんだ」

ローラはごくりと唾をのみ込んだ。「私はあなたにお礼を言うべきなの?」

「違う!」ジェイソンが語気荒く言った。「僕が明日君を本土に連れていくと言えば、彼女も事情がわかると思う」

「明日?」ローラは呆然《ぼうぜん》とききした。

「さっきの電話で決まった。君を急《せ》き立てるのはいやなんだが、明日の夜にはサンフランシスコにいないとまずいんだ」

ローラの心は沈んだ。時差ぼけから完全に立ち直っていないのに、また移動するのは気が進まない。何よりジェイソンと二人きりになるのが怖かった。

「私も……行かないといけないの?」ローラはおずおずと尋ねた。「つまり……仕事だとしたら……」

「君の言いたいことはわかる」ジェイソンがきつく言い返した。「そうだ、君も行かなければならない。さあ、風呂から上がって階下《した》に行ったほうがいい。すぐにランチだ。君がゆうべのディナーに現れなかったので、リーアがひどく心配している」

「わかりました」ローラが硬い声で言うと、ジェイソンが顎をこわばらせて、鋭い視線を向けた。

「僕が欲しいか、ローラ？」彼は不穏な意味をこめて問いかけると、身をかがめてバスタブの栓を引き抜いた。ローラは恐怖を目に浮かべて、減っていく湯を見つめていた。

「冗談でしょう」うしろ姿をさらしながら、あわててタオルを取り上げ、体にしっかりと巻きつける。「私にはプライバシーも許されないの？」

「僕に反抗しつづけるのに、どうして君の気持ちを考慮しなければならない？」ジェイソンはタオルの端をつかんで、乱暴に彼女の手からもぎ取った。「受け入れる覚悟もできていないのに、僕をあおるんじゃない」

「ここにあなたを招待した覚えはないわ」ローラは声をあげた。ジェイソンはあっという間に湯がなくなったバスタブに足を踏み入れると、逆らうローラを腕に抱え上げた。「ジェイソン、やめて！」

「どうして？」彼の視線はしばしローラの開いた唇にとどまっていた。意に反して熱い思いがローラの全身に押し寄せる。「大声で叫んで妹を呼んだらどうだ？　僕たちがどういう関係か、彼女にはっきり見せてやろうじゃないか」

「放して！」ローラは抵抗したが、ジェイソンは苦もなくバスタブから出ると、そのまま寝室に向かった。絨毯《じゅうたん》に濡《ぬ》れた足跡が残るのも、ローラの髪から水がしたたり落ちるのも気に留めていない。

「どうしていつも君と争うことになるんだ？」彼はローラをベッドの上に落とした。「僕の気持ちがわかっていながら、君は僕が異常者か何かのように接している。それで満足が得られるのか？　僕が悪あがきをすると思うと楽しいのか？」

「いったいなんのことだか――」

「いや、わかっている」ジェイソンは辛辣に言い返すと、ベッドにどさりと腰を下ろした。「ゆうべ君は自分が何をしているかよくわかっていた。君が眠っているあいだ、僕はたまった仕事を片付けて過ごしていたんだ。そう聞けば、君もうれしいだろう」

ローラは片肘をついて上体を起こした。彼の苦々しい告白に、思いのほか困惑していた。「私……髪がびしょ濡れだわ」なんと言えばいいかわからず、つぶやいた。ジェイソンは抑えた悪態の声をもらすと、翡翠《ひすい》色のサテンの上に彼女の背中を押しつけた。

「だからどうした?」彼はローラの唇の上でささやいた。「君の体も濡れている」彼の手がローラの脚の内側にそっとすべり込む。「ああ、ローラ、僕を止めないでくれ! 頼むから――」

ジェイソンの貪欲な唇が彼女の体に熱い血潮を送り込んだ。ローラは彼の切羽詰まった欲求を感じ取り、もはや自分を抑えられなくなった。指が自然に彼のショートパンツへと動き、すばやく前を開く。

「ああ、ジェイソン」彼のたくましさに本能的に応え、ローラは息をもらした。うめき声とともにジェイソンが彼女の中に身を沈め、完全に満たした。

「ああ」彼はローラの首元に顔をうずめた。「これを望んでいないなんて言わないでくれ!」

ローラは何も言えなかった。言えたとしても、反論できたとは思えない。ジェイソンの舌先がベルベットのように官能的に触れてきて、熱く高まる彼の体がすべてを忘れさせてしまう。

降伏の声をもらすと、ローラは両腕をジェイソンの首に巻きつけた。彼に向かって体を動かしながら、かすれた喜びの声をあげて駆り立てる。やがて二人のリズムは頂点を極め、さらにその先に達した……。

ローラが階下に下りるとき、ジェイソンはまだ眠っていた。ローラ自身もほんの数分だけまどろんだが、すぐに目が覚めた。ジェイソンは隣でうつぶせに寝ていた。片腕はローラの胸の上にあり、指は今も濡れたままの髪にからみついている。一方の脚は所有権を主張するようにローラの脚のあいだにはさまったままだった。

ローラは注意深くジェイソンから体を引き離し、ベッドから下りた。無意識に彼は抗《あらが》ったが、目は開けず、疲れきったうめき声をもらして、そのままゆったりと体を伸ばした。ローラは上掛けでジェイソンの裸の体を覆った。眠っていても、彼は強烈な魅力を放っている。さっきのジェイソンの言葉は正しかった。ローラは彼が欲しかった。正直なところ、今だってまだ彼が欲しい。

鮮やかなピンクの袖なしのシャツと巻きスカートを身に着けた。落ち込んだ気分をふるい落とすために、あえて華やかな色を選んだ。ジェイソンに対する気持ちは、これまで以上にあいまいで不可解だった。こんな揺らぐ思いを知って、ジェイソンがどう出るかは考えたくない。そもそもなぜ彼から逃げ出したか、それを忘れないようにしなくては。


パメラはテラスが見渡せるサンルームでローラを待っていた。バンガローに戻ったのか、今は涼しげなリネンのチュニックを着ている。その姿は若く魅力的な女性だ。ローラほどではないが彼女も背が高く、自分に自信を持っている。体はほっそりしていて、まだ妊娠の兆候は見えない。髪は黄褐色に染めていた。耳のあたりでカールした毛先が、とがった顔の線をやわらげている。

テーブルにはランチが用意されていた。パメラがジェイソンはどこかと尋ねる前に、リーアが現れた。

「ようやくお出ましですか」長い付き合いならではの気安さで彼女が言った。「冷たい料理でよかった。こっちはどれだけ待たされたか」

ローラは顔を赤らめた。「ごめんなさい、リーア」ちらりと妹を見た。「二人分だけ用意してもらってかまわない？　ジェイソンは眠っているの」

「そうなんですか？」リーアは姉妹を交互に見た。

「とにかく、今朝はずいぶん早起きでしたしね」

二人でランチのテーブルに着いたあと、パメラが少し疑わしげに姉を見た。「姉さんはバンガローに移らないとジェイソンが言っていたわ。理由を教えてもらえない？」

ローラはため息をついた。「長い話なの、パム。今は説明したくないわ」

パメラはマリネにした薄切りのきゅうりをフォークで口に運んだ。「私は姉さんとジェイソンがどうして三年間会っていなかったか知りたいの」

「私には何も言えないわ。彼が援助してくれるのは、自分に都合がいいからよ。この説明で満足して」

「わかったわ」パメラは言葉を切った。「でも、姉さんがここにいるのも、取り決めの一部なのね」

「そうよ」ローラはほっとして息をついた。グラスにオレンジジュースをつぐと、渇いた喉を潤した。

「わかってくれてよかった」

パメラは顔をしかめた。「姉さんとジェイソンが別れたのは……どちらのせい？」

ローラは心の中でうめき、再びグラスを満たした。「私たち……意見の相違があったの。よくあることよ。どちらの……せいでもないわ」

「ここでの暮らしをあきらめるほどの意見の相違だったんでしょうね。ほかの人が関係しているの？」

「話したくないと言ったでしょう、パム」

「でも、どう考えたって変よ」パメラが、じれたように声をあげた。「だって……遊び歩いていたのがジェイソンだったとしたら、なぜ今、私たちを援助するの？　どうして姉さんは彼が助けてくれると思ったのよ？　姉さんから彼に迫ったのね。そうなんでしょう？　逆のはずがないもの」

「ジェイソンには彼なりの理由があるの」ローラはうんざりして答えた。「なぜジェイソンが助けてくれると思ったのか、私自身もわからないわ。たぶん、彼以外に考えつかなかったからじゃないかしら」

パメラはしばし考え込んでいたが、やがて意地悪く言った。「認めなさいよ、姉さんがジェイソンを捨てたんでしょう。きっと彼がほかの女といた現場を押さえたとか、そんなつまらない理由よね。ああ、いやだ。ここにあるものをすべて捨てちゃうなんて！　姉さんはどうかしていたのよ！」

ローラは妹の性格について何も知らなかった自分に、改めて驚きを感じていた。素直なティーンエイジャーだったのに、いつこんな皮肉屋に変わったのだろう？「そんなつまらない理由でジェイソンと別れたわけじゃないわ。お金の有無は、幸せとは関係ないでしょう」

パメラがしかめっ面をした。「気取らないでよ、ローラ。みんながみんな、姉さんみたいにお高くとまっているわけじゃないのよ。ところで、姉さんがジェイソンを欲しくないというなら、私が同じ考えじゃないとしても責めないでね。過去に起きたことは、また起きるものよ。私はそろそろ一人の男に決めたいの。聖人じゃなくてね」

ほっとしたことに、昼食後パメラがバンガローに戻ったので、ローラはリーアと午後を過ごした。

最初、ジェイソンの家政婦との会話は緊張感を伴っていた。リーアは何よりもジェイソンのためを思っている。過去の出来事からローラに不信感を抱いているとしても当然だろう。

屋敷の一階を見せて回ったあと、リーアはローラをキッチンに連れていった。ほかの部屋と同様、ここも明るくて風通しがいい。竹製のスツールにローラを座らせると、家政婦は冷蔵庫からストロベリーダイキリの入ったピッチャーを取り出した。

「ああ、どうかしら」ローラは疑わしげにつぶやいた。リーアが背の高いグラスになみなみとついで、スライスした果物と淡いピンクの花を添えて差し出す。「お昼からお酒は飲まないの。実を言うと、普段からあまり飲まないのよ」

「難しく考えないで」リーアはダイキリを自分のグラスにもついだ。「それが必要に見えますからね。ジェイソンの助けが必要なのは妹さんじゃなく、あなたのように思えるのは、どうしてかしら？」

ローラはため息をついた。「私は大丈夫」

「本当に？」リーアは疑わしげにローラを見た。「ジェイソンからあなたをここに連れてくると聞いたとき、なんてばかなことをと思ったものですよ！あなたが彼を置いて出ていったとき、私は今度あなたに会うようなことがあったら、ただではおかないと思っていたんですから。でもジェイソンから、やさしくするようにと言われたんです。昨日あなたに会ったとき、なぜそう言われたかわかりましたよ」

「ああ、リーア！」

「ええ、わかっていますとも。あなたはその話をしたくない。でも、少しでもお考えがおありなら、今度はあきらめないでください。ジェイソンはいい人です。あなたが彼を傷つけたみたいに、彼があなたを傷つけることはありません」

ローラは上にのったいちごを脇によけてカクテルを一口飲んだ。「うーん、おいしい！　どうしてあなたのダイキリはこんなにおいしいのかしら？」

「たぶん持って生まれた才能ですね」話題を変えられたことに気づいて、リーアが苦笑した。「今度作るときには、お見せしましょう。私はジェイソンの好みをよくわかっていますから」

ローラはため息をついた。「あなたほど彼をよく知っている人はいないわね」

リーアは横目でローラを見た。「あなたもよく知っていると思いましたがね、ローラ。少なくとも、彼が知ったどの娘さんたちよりも」

「彼は大勢知っていた」ローラは苦い口調で言った。「それはあなたも否定できないでしょう」

リーアは肩をすくめた。「その人たちにはなんの意味もありません」

ダイキリのアルコールのせいで、ローラは気分が落ち着いてきた。「レジーナはどうなの？　彼と結婚していたのよ！」

「レジーナですか！」リーアは容赦ない口調で言った。「彼があのイタリアの性悪女を好きだったことなんかありませんよ！」

ローラは唇を舌先で湿した。「前にもそう聞いたけれど、それは誰にもわからないでしょう」

「誰にも？」リーアは憤慨した。「ジェイソンは家族を喜ばせるためにレジーナと結婚したんです。ほんとですよ！　私はあなたに嘘はつきません！」

ローラはかぶりを振った。おそらく以前の私なら信じていただろう。けれど、今は違う。みずからのつらい体験からわかる。「リーア、ジェイソンは家族を喜ばせるためだけに誰かと結婚はしないわ。彼はそういう人じゃないでしょう。それはあなたもわかっているし、私もわかっている。お互い偽るのはやめましょう」

リーアが重い口調で言った。「以前のあなたはもっと素直なお嬢さんだったのに。イギリスに戻ってから、いったい何をしていたんですか？」

ローラは肩をすくめた。「いろいろと。今は有名な推理作家の秘書をしているの。とてもおもしろい仕事よ。これまでとはまったく違っていて」

「その作家って……男なんですか？」

「ピアース・カーヴァーというの。そう、男性よ」

「彼と付き合っているんですか？」

「リーア！」

家政婦はしかめっ面をした。「私はただ、どうしてあなたが辛辣になったか突き止めようとしているんですよ、ローラ。ジェイソンを捨てたにしては、今もずいぶん彼に腹を立てていないかしら？」

「リーア、本当にその話はしたくないの」

「わかってますとも」リーアはふんと鼻を鳴らした。「彼の最悪の部分が忘れられないんでしょう！」

ローラはうなだれた。「そのとおりかも」

「とにかく、それじゃ不公平ですよ」

「不公平って？」ローラはぱっと顔を上げた。「リーア、何が言いたいの？」

リーアはためらった。「ジェイソンがレジーナと結婚した本当の理由を言ったらどうします？　彼が父親とまったく顔を合わせない理由を？」

「リーア、やめて！」ローラの我慢は限界に達していた。「あなたのジェイソンに対する忠誠心は理解しているし、彼が絶対にあなたを裏切らないのも知っている。でも、そこまでするのは行きすぎじゃない？　つまり、話をでっち上げたり……」

「でっち上げじゃありません」リーアがむっとした。「ジェイソンの父親は今のようにずっと成功していたわけじゃないんです。一ドルを稼ぐためにだってどんなことでもしていた時期もありました――息子を有力な商売敵と結婚させるようなことも含めて」

「レジーナはモデルだったはずよ」

「そのとおりです」リーアはしばし考え込んでから先を続けた。「でも、彼女はパウロ・エンリコの娘でもあったんです」

「レジーナの家はモンテフィオーレ家と同じくらい裕福だということ？」

「いいですか……」リーアは誰かに聞かれるのを恐れるように周囲を一瞥《いちべつ》してから続けた。「マルコは――ジェイソンの父親は、何かの取り引きに失敗したんです。首が回らなくなって……借金は一千万ドルにまでふくれ上がった。今ではそんな大きな額じゃないかもしれないけれど、彼の会社は倒産の危機に瀕《ひん》したんです。お金が必要になり、エンリコが用意した。ただ、これには条件がありました」

ローラは顔をしかめた。「ジェイソンがレジーナと結婚すること？　二人は商売敵だったと言ったでしょう。どうしてそのエンリコという人は娘をジェイソンと結婚させたがったの？」

「彼が望んだかは知りません。でも、レジーナはジェイソンを欲しがった。そして手に入れたんです」

「すてきだこと！」ローラはダイキリを飲み干すと、グラスをいくらか乱暴に置いた。「だったら教えて。実家がそんなにお金持ちなら、どうしてレジーナはジェイソンのところにお金を無心に来るの？」

「彼女がそのためにジェイソンのところにやってくるんだと思っているのなら、あなたは相当おめでたいですよ」リーアがぴしゃりと言い返した。「でもあとはあまりいい話じゃありません。忘れてください。おしゃべりが過ぎてしまいました……」

その後一人になったローラはパティオでお茶を飲み、ビーチを散歩した。屋敷に戻ったとき、ジェイソンがテラスを囲む低い塀に腰かけていた。ローラを待っていたのは明らかだ。今は彼も服を着ていた。白いコットンのズボンにカシミアのセーターという姿を見て、ローラの胸は締めつけられた。

ローラが通り過ぎようとしたとき、ジェイソンが立ち上がって腕をつかんだ。「君の妹が来る前に話がしたい。明日の予定について気が変わったんだ」

一瞬、頭の中が真っ白になり、ローラは彼を見つめることしかできなかった。「明日？」

「サンフランシスコに行くと言っただろう」ジェイソンがあっさりと言った。「忘れたのか？」

「忘れるわけがないでしょう」ローラは嘘をついた。

ジェイソンはローラの腕を放すと、両手をズボンのウエストに差し入れた。「君を連れていかないことにした」彼の目がローラをさぐっている。「刺激がなくて寂しいが、僕たちの激しい……関係のせいで気が散ることにもなる。これは出張旅行だから」

ローラは何も言えなかった。望んだとおりになったのだから、ほっとしていいはずだった。だが、そうではなかった。今感じているのは失望だ。

「それで、誰と一緒に行くの？」ローラは引きつった声で問いかけた。「どうしてパメラを連れていかないの？　あの子なら断らないわ」

「君の言うとおりだと思う」ジェイソンが辛辣に答えた。「とはいえ、何が楽しくて君がそんなことを言うのか、僕には見当もつかない。君の僕に対する見解を否定するのは残念だが、女性は同行しない」

ローラは体を震わせた。「驚きね」

「だろうな」ジェイソンの顎がこわばった。「ときどき自分でも驚くよ。ずっと君が欲しくてたまらないのに。どんなに嫌われているとわかっていても」

10

その後ローラが話す機会もないまま、ジェイソンは旅立った。真夜中過ぎに飛行機が離陸する音が聞こえ、翌朝になって彼が乗っていたと知った。

最初の数日は、飛行機の音がするたび、ジェイソンに違いないと思った。数日が一週間となり、二週間になったが、彼は戻らなかった。彼から何か聞いていたとしても、リーアは何も言わなかった。ローラもまたプライドから家政婦に尋ねなかった。その代わりに、毎日規則正しく生活する努力をした。妹といい関係を築こうと最善を尽くしたが、それは必ずしもうまくいかなかった。

パメラは新たな環境にすっかりなじんでいた。太陽の下でのんびりと過ごし、プールで泳いだり、まれにローラの散歩に付き合ったりもした。ときおりジェイソンの長びく不在について尋ねることもあったが、ローラと同様、旅の目的について話し合う気にはならないようだった。

日がたつにつれ、ローラは自分の感情を抑えるのが難しくなってきた。彼の家で、部屋で、そしてベッドで寝ていることがさらに耐えがたい状況にした。どこを見てもジェイソンを思い出す。バスルームには髭剃《ひげそ》りの道具があり、ドレッシングルームには彼のヘアブラシが置いてある。クローゼットには彼の服がかかっている。シーツの香りでさえジェイソンを思い出させた。夜中、彼の枕を胸に抱きしめて目覚めたのは一度ではない。その枕も涙に濡《ぬ》れていた。

そんなふうに彼が去って十五日が過ぎ、島に小型ジェット機が飛んできたとき、ローラは待ちきれない思いだった。好奇心もあらわに見つめるパメラがいなければ、みずから飛行場にジェイソンを出迎えに行っただろう。やがて車の音が屋敷の正面から聞こえてきた。自分がジェイソンに何を言い出すかわからず、それどころか、彼を見たらどんな反応を見せてしまうかもわからなかった。わかるのは、ありえないほどジェイソンが恋しかったということだけだった。かろうじて抑えてきた痛いほどの欲求がすぐに満たされると思うと、それだけで血が騒いだ。

午後も遅い時間だった。パメラがいたので、着替えるチャンスがなかったが、ゆったりした袖なしのスモックと着古したぶかぶかのバミューダパンツという姿も悪くない。ローズピンクの色もいいし、うっすらと日に焼けた腕と脚を際立たせている。髪はいつものように三つ編みにしているが、あとでほどけばいい――二人きりになったときに。そう考えながら、ローラはテラスに沿って屋敷の正面に回った。

予期していたとおり、白のコンバーティブルが止まっていたが、助手席から降りてきたのはジェイソンではなかった。黒のブルゾンにぴったりした白いジーンズ姿の若い女性を目にして、ローラは日陰で立ち止まった。彼女の髪は黒く、ほっそりした顔を派手な巻き毛が取り巻いている。背はかなり高く、すらりとしている。ジョナに親しげに話しかける様子から、この島を訪れたのが初めてではないとわかる。誰だろう？　ジェイソンの恋人がライバルを見に来たとか？

「あれは誰？」

いつの間にかパメラが背後に来ていた。ローラは表情を取り繕ってから振り返った。「知らないわ」

「ローラ！」二人の短いやり取りが明らかに注意を引いたらしく、新たな来訪者が振り返って呼びかけた。「ローラ！」今度は少し自信がなさそうだった。

少なくとも十五メートルの距離はあったが、突然ローラは相手が誰かわかった。

「ルーシー、あなたなの？」

「ルーシーって誰？」

パメラの言葉を無視して、ローラは階段を駆け下り、ジェイソンの娘を出迎えた。「ああ、ルーシー！」少女の腕にきつく抱きしめられるのを感じて、ローラの頬に涙がこぼれ落ちた。「ごめんなさい。ほかの人だと思っていたから」

「ほかの人って誰のこと？」ルシアは体を引いて、ローラを見つめた。ローラが彼女の父親のもとを去るまでに、二人はすっかり仲よしになっていた。とはいえ、彼を知るほかの人々がそうだったように、ジェイソンの娘もまた、ローラに疑いのまなざしを向けている。「誰だと思ったの？」

「いいえ……誰でもないわ……つまり……ジェイソンかと」そう答えてから、ローラはルシアを驚嘆の目で眺めた。「大きくなったわね」

「あなたが出ていってから三年がたったのよ、ローラ」ルシアがさらりと指摘した。「もうじき十八歳よ。もう子供じゃないわ」

「わかるわ」ローラはにっこりした。「すごい……美人！　あなたのお父さんも同じ意見でしょうね」

「そう思う？」ルシアが突然子供っぽく見えた。だが、すぐに黒い目が細められる。「つまり……そう思ったのね？　私がパパのガールフレンドだと思ったんでしょう？　ひどい人ね、ローラ。パパはそんな人じゃないのに」

「いいえ、私は……ばかなことを言わないで、ルーシー。あなたのお父さんがここに女性を連れてきたからって、どうして私が気にしないといけないの？　彼から聞いていない？　私がここにいるのは妹のためよ。ところで、彼はどこ？　空港で別れたの？」

「パパのこと？」ルシアはかぶりを振った。「パパはいないわ」

「いない？　彼は……どこにいるの？」

「ホノルルだと思う」ルシアはこともなげに言った。「思ったよりも仕事が長びいていると伝えてくれって言われたわ」彼女はローラの向こうを見て顔をしかめた。「あそこにいるのがあなたの妹？」

「ああ、そうだったわね。紹介するわ」ローラは振り返った。「パム……こちらはジェイソンの娘さんのルシアよ。ルーシー、こちらがパメラ」

「ジェイソンの娘？」パメラは信じられないとばかりにルシアをじっと見つめた。「彼が結婚していることさえ知らなかったわ！」

「結婚していないわよ」ルシアが答えた。「私の母とは十五年前に離婚したから。でも……ローラと私はいい友達なの」

「ほんと？」パメラが眉を吊《つ》り上げる。「すてき」

「でしょう？」ルシアはすでにパメラの敵意を感じ取っていた。彼女はローラと腕を組むと、テラスの階段を上がった。「着替えるから付き合って。ビキニを着るのが待ちきれないわ」

ルシアがメイドに荷ほどきを頼んでいるとき、ローラはバルコニーの手すりにもたれて、ジェイソンがいつ戻るかわからないという事実をなんとか受け入れようと努力していた。彼はそれで娘をここによこしたの？　ルーシーに私を見張らせるため？　いらだちを感じて唇を噛《か》み、振り返ってパティオを見下ろした。

パメラはすでにプールのそばのパラソルの下で休んでいた。ルシアの到着にショックを受けたと認めるつもりはないようだ。

「彼女は全然あなたに似ていないのね」ルシアの声が聞こえて、ローラは振り向いた。ルシアは着ていたものを脱ぎ捨て、恥じらいもなくレースの縁取りがあるショーツだけの姿で立っていた。「あの人、本当にマイク叔父さんを愛していたの？　まるで傷ついたようには見えないけど」

ローラは寝室に引き返した。パメラに会話を聞かれたくなかったし、ルシアの無防備な姿を使用人に見られたくはない。「お父さんから聞いたのね？」

ローラは彫刻を施したベッドの柱をつかんだ。

「いいえ、実を言うとお祖母《ノンナ》さまなの」ルシアは小さな胸をビキニのトップで覆うと、次にショーツに手をかけた。「戻ってきたあなたと会ったかってノンナにきかれたわ。パパがどうするのか知りたがっていたの」

「そうなの」つややかな柱に触れるローラのてのひらが汗ばんできた。「お祖母《ばあ》さまはほかになんと言っていたの？　アイリーンがイタリアから戻ったら、話すつもりかしら？」

ルシアは白いビキニのボトムを身に着けた。「アイリーン叔母さんはいつからイタリアに行っていたのかしら」長いアンティークの鏡に自分の姿を映している。「でも、今はうちに戻っているわ。この前の晩、パパがディナーを一緒にとったから」

「彼が？　私はてっきり……」

ルシアは眉をひそめた。「アイリーン叔母さんはイタリアだって、パパは言ったのね？」

ローラはうなだれた。「そうだったと思う」

「まあ、とにかく……」ルシアは肩をすくめた。「たいしたことじゃないわ。きっとパパは忘れてたのよ……それとも勘違いか何かよ」

「そうね」ローラの思いは千々に乱れていた。どうしてジェイソンはそんなことで嘘《うそ》を言ったのだろう？　ただ……私をマイク・カザンティスに会わせたくなかったのなら話は別だ。彼はそこまでして自分の妹を守ろうとするだろうか？　彼ならそうするとローラは考えた。

「とにかく、ノンナはパパからあなたが戻ったと聞いてびっくりしていたわ」ルシアが顔をしかめた。

「私も驚いたのよ。同じ理由からじゃないけど」

「どういう意味？」ローラは思わず興味を持った。

「つまり……」ルシアは肩をすくめると、鏡に背を向けた。「私はパパがずっとあなたに戻ってほしいと思っているって知ってたから。まったく」彼女はしかめっ面をした。「ありえないわよね。あなたがパパを捨てたんだもの！」

ローラは顔を伏せた。「それは言いすぎよ」

「いいえ、そんなことない」ルシアは憤慨していた。「あなたがパパを捨てたとき、私、ものすごく怒っていたんだから。でも、そのあと考えたの。とても大きな理由があるに違いないって。つまり……私はあなたのほうがパパに夢中だと思っていた。でも、あなたがいなくなったとき……」彼女はかぶりを振った。「私もそう思っていた。もう絶対に戻らないと私は思ったのよ」

「私もそう思っていた。それで……お祖母さまはなぜ驚いたの？」


「ノンナは実際にどんなだったか知らないからよ」

ローラは眉間にしわを寄せた。「どんなって？」

「ノンナは……パパのほうが別れを望んだと思っていたの。私は……そのままにしておいたから」

ローラはうなずいた。「当然びっくりするわね」

「ええ」ルシアは頭を傾けた。「ごめんなさい」

「謝らないで。どうでもいいことよ」ローラは急いで言った。「でも、お祖母さまがなんと言っていたか、まだ教えてもらっていないわ。アイリーン叔母さんは……何があったか知っているの？」

「あなたとパパのこと？」

「マイク叔父さんとパメラのことよ」ローラは辛抱強く答えた「あなたのお父さんはお祖母さまと話し合ったの？」

「ああ、私にはわからないわ」ルシアは困惑した様子だった。「マイク叔父さんはしょっちゅうそういう問題を起こすし。彼とアイリーン叔母さんはもう一緒に住んでいないの。半年前に別れたわ」

「別れた？」

「まだ結婚はしているわよ。でも、子供たちのためね。子供たちは四人とも叔母さんと一緒にいるわ」

「それで、あなたのお父さんはアイリーンが夫と別居していることを知っているの？」

「たぶんね」ルシアは顔をしかめた。「秘密じゃないし」

「そうね」ローラは平然とした顔を装った。「私は明らかに誤解をしていたのね」

自分が落とした爆弾にも気づかず、ルシアは再び鏡を振り返った。「これでいいと思う？　この水着はちょっと……流行遅れじゃない？」

「流行遅れ？」ローラはぽかんとして繰り返した。「私には、そうは思えないけれど。もっと小さな水着があるの？」

「それがあるのよ」ルシアはくすくす笑ったが、すぐに真顔になった。「ねえ……大丈夫、ローラ？

なんていうか……ぼんやりしているみたいだけど。私、何か言った？」

「何も。なんでもないのよ」ローラはルシアを納得させようとした。「それで、あなたのお父さんはいつ戻るの？　それも機密事項？」

「それも？」ルシアは言葉尻をとらえたが、肩をすくめた。「わからない。たぶん何日かしたら。パパに電話すれば？　イリカイ・ホテルの部屋番号なら教えてあげるけど」

ローラはその気になりかけた。ジェイソンはずっと嘘をついていた。早く彼を問いつめたかった。けれど、電話でうまくいくはずがない。

「やめておくわ、ルーシー」この問題にジェイソンの娘を巻き込むわけにはいかない。「さあ、階下《した》に行ってお茶でも飲まない？　冷たいもののほうがいいかしら？」

続く数日、ルシアは心ならずもさらに多くの秘密を打ち明けた。ルシアはローラがこの先もずっとジェイソンと一緒にいると考えているらしく、彼女を家族の一員として扱いはじめていた。

「知っているだろうけど、ママは再婚したのよ」二日後の朝、ビーチで日光浴をしているときにルシアが言った。彼女はパメラがいない早朝をもっとも楽しんでいるように見えた。「相手はエリス・ハモンド、油田を持っているの。有名人よ」

ローラは眉をひそめた。「いつしたの？」

「二年前かしら」ルシアは顔をしかめた。「ママもやっと受け入れたのよ。パパにはその気がないと」

ローラはルシアを見つめた。「どういうこと？」

ルシアがため息をついた。「ママは何年もパパと再婚しようと手を回していたのよ。あなたも知っていたはずよ」

ローラは不思議に思っていた。二年も一緒に暮らしていた相手を自分はどこまで知っていたのだろう。

「考えたこともなかったわ。あなたのお母さんから離婚したんでしょう？　逆じゃないわ」

「ああ、そのこと！　そうすれば私の親権で揉《も》めずにすんだからというだけ。もともと恋愛結婚じゃなかったし――少なくともパパのほうは」

「それは皮肉っぽい見方じゃないかしら」

「誰だってそうなるわよ！　ママはパパを取り戻すために私を利用していたのよ！　あなたやノンナがいなければ、私は妻というのはみんなあんなふうにするものだと思っていたでしょうね」

「まさか、ルーシー……」

ルシアは濡れた髪を落ち着きなく指でかき上げた。

「あのオフィスに行くのが怖かったの。じゃがいもの袋みたいに厄介者扱いにされるんだもの」

「あなたのお父さんはいつだってあなたのことを大切に思っていたわよ。わかっているでしょう」

「まあね。そうだったと思う。でも、あなたがアパートメントで暮らすようになってから、初めてあそこが自分のうちだと感じられるようになったわ」

ローラは顔を伏せた。「ありがとう」

「本当よ。ほかの女の人たちは……」自分が何を言っているかに気づいて、ルシアは顔を赤らめたが、ローラは先を促した。「とにかく、女の人がたくさんいたけど……パパにとって彼女たちはなんの意味もなかった。でも、あなたは違ったわ」

「そうだった？」その声には皮肉がこもっていた。

「わかってるでしょう」ルシアが声を荒らげた。「だからあなたはここにいる。違う？」

ローラは肩をすくめた。「今のところは」

「どういう意味？」

ルシアが不安そうに見えたので、ローラは彼女を安心させようとした。「誰にも未来は予言できないってことよ」

ルシアはなおも疑わしげだった。「ねえ……パパはなぜあなたと別れたか、一度も話してくれないの。どうして別れたの？」

「長い話なの」その問いを予期していたローラは、わざとタオルに手を伸ばした。「いつか話すわ」

「どうして今はだめなの？」

「ねえ、ルーシー……」

「リッジウェイの件がからんでいるんでしょう？」

ローラはルシアを見つめた。口の中はからからだった。「知っているの？」

「ママが教えてくれたの」ルシアはうれしくなさそうに認めた。「ママはパパがあなたを捨ててエレン・リッジウェイに乗り換えたって言っていたけど、私は信じなかったわ！　だからなの？　あなたが出ていったのは、パパが浮気したと思ったから？」

ローラは疲れたように息を吐き出した。「ばかげてるって思ったんでしょう？」

「ばかげてる？」ルシアは困惑したようだった。

「そうよ」ローラは肩をすくめた。「お父さんにはたくさん女性がいたとあなたも言ったじゃない」

「あなたといたときは違うわ！」ルシアが叫んだ。

「でも、あなたのお母さんは彼がエレン・リッジウェイと関係していたと思ったんでしょう？」

「ママはそういう人よ」ルシアはいらだった。「ママがそう言ったのね？　それであなたは出ていったの？」

「私はあなたのお母さんが言ったことを信じようとしなかった」ローラはしかめっ面をした。「きっと私が間違っていたのね」

「いいえ、間違っていない」ルシアは父親の肩を持った。「もしパパがエレン・リッジウェイと関係があったのなら、どうしてあなたがイギリスに帰ったあとも彼女と付き合っていなかったの？」

「どうして付き合っていないとわかるの？」

「わかるわよ。あの年、私はずっとパパと一緒にいたんだもの。ほかに女の人はいなかった」

「本当にこんな話はしたくないの。とにかく……家の中に戻らない？　そろそろ朝食の時間よ」

ルシアもローラにならって立ち上がり、おずおずと尋ねた「今の話は……パパには言わないわよね？　パパは……ママが私とこんなことを話していたと知ったら、きっとよく思わないから」

「心配しないで」ローラはやさしく言った。「話題にのぼりそうもないし。リッジウェイの件に関しては、もう終わったことよ」

11

ローラはベッドの上で寝返りを打つと、物憂げに伸びをした。ようやく朝になった。鎧戸《よろいど》の隙間から差し込む太陽の光を見て、ほっとした。このごろはよく眠れず、昨夜は大きなグラスでダイキリを何杯か飲んでしまった。けれど、眠れなかった。暑くて寝苦しく、大きなベッドで一人きりではないと想像してしまう。ぴったりと寄り添う人の体を感じ、一度はあたたかい唇に口元を愛撫《あいぶ》されたような気がした。でも、あれはただの夢。私は眠っているあいだでさえ、ジェイソンに思考を支配されている。そう気づいて怖くなった。彼はそれだけのことをしたのだ——今ではなく、三年前に……。

エレン・リッジウェイは嘘《うそ》をついていない。棺《ひつぎ》に横たわる夫の亡骸《なきがら》のそばで、彼女はひどく動転し、嘘をつける状態ではなかった。あの青ざめた顔、涙、目に浮かぶ罪悪感と恐怖を見ればわかる。それに事実は変えられない。ジェフ・リッジウェイは妻がジェイソン・モンテフィオーレと関係したせいで、みずから死を選んだ。彼は成功した実業家だった。所有する会社はハワイだけでなく、アメリカ本土にもあった。彼には自殺する理由などなかった。三十歳以上年下の妻が若い男と浮気したこと以外には。

すべてが符合した。最後の月、ジェイソンはいつになく本土に渡った。ローラが一緒に行きたいと望んでも、無駄だった。

〝仕事なんだ〟ジェイソンはそう言っていた。〝君は退屈するよ〟そしてローラはその言葉を信じた。

今でもあのときのショックは忘れられない。ジェイソンはサンフランシスコには行っていなかった。彼はここに、ホノルルにいたのだ。エレン・リッジウェイと一緒にいるジェイソンを見たのは、まったくの偶然だった。一人のとき、ローラはほとんど外食しない。けれどあの運命の午後は、秘書の派遣会社の同僚から、ワイキキの大きなホテルで開かれた結婚前祝いのパーティに誘われていた。照明を落としたレストランに入ったとき、最初に目に入ったのがジェイソンだった。ボックス席に座る彼は、エレン・リッジウェイと親密そうに見えた。

ローラはきびすを返すと、そのままホテルを飛び出した。友人たちがあげる困惑の声にも耳を貸さずに。いずれこういうことが起こると最初からわかっていた。ここまで長く続いたのが奇跡だった。過去の女たちは二カ月ともたなかったのに、ローラは二年も彼と一緒に暮らしたのだから。

追いかけてきたジェイソンがカラカウア通りでローラに追いついた。彼がエレン・リッジウェイにどんな言い訳をしたかはわからない。ローラにはどうでもよかった。「君が考えていることとは違う」ジェイソンが乱暴に言った。「今は話せないが、僕を信じてくれ」

そしてローラは信じた。疑念はあったが、それでも信じた。ジェイソンを愛するあまり、あのときはどんなことだって信じただろう。二日後、ジェフ・リッジウェイが自身の所有するホテルの二十一階から身を投げたときも、ジェイソンは関係ないという理由をさがしていた。

なぜ葬儀に参列したのか自分でもわからない。ジェイソンは頼まなかった。それどころか、ジェフ・リッジウェイの自殺のあと、ジェイソンは奇妙にもよそよそしくなった。だが、リッジウェイの名はホノルルでもよく知られていた。だからローラは行かなければいけない気がした。ジェイソンとエレン・リッジウェイの噂《うわさ》を食い止めるためにも。

ローラの最悪の疑いを裏付けたのが、エレン・リッジウェイ本人だった。彼女は涙ながらにジェフにジェイソンとの関係を知られたに違いないと語った。夫を自殺に追いやった自分を決して許せないとも言っていた。

そのときジェイソンが二人のところにやってきた。彼が激怒しているのはローラにもわかっていた。ローラはジェイソンが買ってくれた小型のスポーツカーで葬儀に来ていたが、彼は自分の豪華なリムジンに彼女を無理やり乗せて帰った。このときが二人が問題に向き合った最後だった。

震える声でローラは、エレン・リッジウェイの言葉を正確に伝えた。ジェイソンは否定するどころか、彼女に怒りをぶつけた。「僕を信じていないんだな？　君は一度も信じなかった。これからだって」

「それは正しくないわ……」

「だったら、何が正しいんだ？　僕がサンフランシスコにいるってことを信じなかったことか？　僕を見張ってコロニー・ルームまで来たことか？」

「違う……」ローラは息をのんだ。「私はパーティに招かれたのよ！　あなたがいるなんて知らなかった。だって……あなたはサンフランシスコにいるはずじゃないの！」

「言っただろう、今は説明できないんだ」

「でも、一度だって説明してくれなかった。あなたは……変わってしまった。もう私と話をしなくなった。それも……ジェフ・リッジウェイが……」

「彼が自殺してから？」ジェイソンが冷たく言い放った。「どうしてはっきり言わない？　リッジウェイがみずから命を絶ったあと――なんだ？　僕が彼の残された妻と過ごしていたと？」

ローラは唇を湿らせた。「そうなの？」

「どうして僕が答えなければならない？　エレン・リッジウェイが嘘をついていると言っても、君はどうせ信じない。リッジウェイの死については……僕にも関係がある。だが、後悔はしていない！」

結局、ローラはその夜、出ていった。ジェイソンは階下のクラブでディナーパーティに出席していて、彼女は行くことを拒んだ。ローラは出ていく前、どうすべきか考えあぐねてアパートメントを歩きまわった。そのとき、レジーナから電話がかかってきた。

最初、彼女は夫と話がしたいと言った。それは無理だと伝えるために、ローラもジェイソンと一緒ではないと認めるしかなかった。レジーナはすぐさま想像をめぐらせて話を作り出した。

「あなたがよくまだそこにいるものだって思うわ」彼女は意地悪く言った。「聞いたところでは、私のいとしい元夫は相変わらずのようだから」

「なんの話かよくわからないんだけど」ローラは何も知らないふりをしたが、レジーナは容赦なかった。

「ジェイソンの新しい女よ。知らないなんて嘘をつかないで。彼がリッジウェイの会社に足しげく通っていたのは周知の事実なんだし。あなただって、ジェフが目当てだとは思わないでしょう」

二人が目撃されたのは一度だけではない。ローラは反駁《はんばく》できなかった。とにかくここから出たいと思った。たとえレジーナの電話がなかったとしても、この決断は避けられなかっただろう。

島を去るのは比較的簡単だった。スーツケース一つで脇の出入り口から外に出て、誰にも見られずにタクシーに乗った。夜中の便でロサンゼルスまで飛び、翌朝ロンドン行きの飛行機に乗り継いだ……。

今、突然あたりが静かになり、ローラは肘をついて体を起こした。しばらく前から水の流れる音がしていたが、その音が止まったのだと気づいた。ローラの脈拍が速まった。とっさにベッドから足を下ろしたが、一瞬めまいを感じて動きを止める。ダイキリを飲みすぎたせいだと思いながら、ネグリジェの上にそろいの化粧着を羽織った。そしてゆっくりドレッシングルームを抜けて、バスルームのドアに近づいていき、おそるおそる取っ手を握ると、息を詰めてドアを押し開けた。

「起こしてしまったかな？」苦笑まじりの声が背中のほうから聞こえたとき、ローラは飛び上がりそうになった。振り返ると、腰にタオルを巻いただけのジェイソンが目の前にいた。

「あなただったのね！」ローラは見たばかりの夢を思い出し、手を伸ばして彼の胸に触れた。

「そう、僕だ」ジェイソンがいきなりローラの体をぴったり引き寄せた。「留守にしてこういう効果があるとわかっていたら、折を見て戻ったのに」

言葉の辛辣さを補って余りある貪欲なキスが続いた。ローラは彼のウエストに両腕を巻きつけ、白いタオルの結び目をほどいた。タオルが床に落ちると、力強い男性の部分が押しつけられた。

「君は僕が欲しいんだな」ジェイソンがシルクのようになめらかなローラの髪に指をくぐらせた。「さあ、言ってくれ！　君にそうだと認めてほしい」

「あなたが欲しい」ローラは自分が何を言っているかもほとんど気づいていなかった。ジェイソンは満足げな声をもらし、彼女を抱き上げて寝室へ運んだ。

ローラが目を開けると、ジェイソンが片肘をついて上体を起こし、彼女を見下ろしていた。

「君は少し体重が増えたみたいだ」ジェイソンの手がローラの腰のカーブをなぞり、腹部にすべり下りた。「ここの暮らしが合っているんじゃないかな」

「やめて！」ローラは彼の手を払いのけると、体を起こした。先ほどと同じように部屋が回りはじめ、額に汗が浮かぶのを感じた。「私……あなたに話があるの。でも、今はだめ。私がどこにいるか、ルーシーは気にするでしょうから」

「ルーシーはおおよそ察していると思う」ジェイソンが静かに言い、ローラの背後から肩にそっと歯を立てた。「あの子は僕たちがよりを戻してうれしいと君に言っただろう」

「私たち……よりを戻してはいないわ」ローラは額を手の甲でぬぐった。「さっきのは過ちよ。あなたに不意を襲われて……つい我を忘れてしまった」

「我を忘れた？」ジェイソンがからかうように言いながら、ローラの耳たぶを噛《か》んだ。「だが、過ちじゃない。だから嘘をつくのはやめるんだ」

ローラの呼吸が乱れた。「服を着ないと……」

「どうして？」

「パムが……朝はこっちに来るのよ」ローラはかすれた声で言いよどんだ。「あの子は……」

「パメラなどどうでもいい」ジェイソンの手がローラの脇をすべり、胸のふくらみを包み込んだ。

「ほら……」親指がとがった先端をもてあそぶ。「僕と同じくらい君もこれが好きなんだ」

「ジェイソン、やめて！」ローラはやっとの思いで身をもぎ離すと、膝立ちになってサテンの化粧着をつかんだ。「あなたは……全然わかっていない。マイク・カザンティスのことを話し合わなければいけないのに。どうして彼とアイリーンが別れたと教えてくれなかったの？ 彼はイタリアにいなかったんでしょう？ なぜパムに嘘をついたの？」

ジェイソンの顔にあきらめの表情が浮かんだ。

「ルーシーから聞いたんだな」彼は枕にもたれ、頭の下で両手を組んだ。「いずれ君に知られると思っていた。あの子は僕のためにしゃべったんだろう」

ローラは彼をじっと見た。「否定しないの？」

「否定するって何を？ マイクとアイリーンが別れたことを？ 否定したって意味がない」

ローラは化粧着を身に着けた。「あなたはわざと私に誤解させたのよ。どうして？」

「君をカザンティスと会わせたくなかったんだ」ジェイソンが感情をこめずに言った。「君は彼がどんな男なのか知らない。僕は知っている」

「あなたは彼を批判できる立場なの？」

「そうだ」ジェイソンはローラをじっと見つめている。「君の妹はなんと言っている？」

「パム？」ローラはぽかんとした。「妹とは何も話し合っていないわ」

「どうして？」ジェイソンはいらだちを見せた。「大人になれよ、ローラ。マイクはまだ結婚している。パメラだって喜んで別の選択肢を選ぶだろう」

「妹は彼が結婚していることも知らなかったのよ」

「そうかな？」

「あなたは話していないんでしょう」

「話していない」ジェイソンは両脇に手を下ろした。「考えてみると、君の妹のことをきちんと話し合っていなかったな」

「でも……何が言いたいの？」

「わかるだろう」ジェイソンは肩をすくめた。「君の妹は最初から真実を知っていたってことさ」

「マイクのことを？」ローラはびっくりした。

「違う。僕のことだ」ジェイソンが訂正した。「彼女は僕が自殺未遂の話を信じないと思っていたふしがある」

「なんでもお見通しなのね」ローラが苦々しく言うと、ジェイソンの目が険しくなった。

「君は本当にうぶだな」彼は冷笑した。「八千キロも飛んでいき、なおかつ妹の命を救う余裕があったんだぞ。変だとは一度も思わなかったのか？」

ローラは唇を湿らせた。「私……妹は待っていたんだと思ったから」

「僕の計算ではたっぷり十時間だな」

「でも……私が飛行機に乗れなかった場合もあるわ。事故にあうとか」

「だが、何も起こらなかった。おそらく彼女は危険を冒す価値があると考えたんだろう」

ローラは震えていた。「でも、そこまでわかっていながら、どうしてパムを助けてくれたの？」

「理由はわかっているだろう」

「私を……取り戻すため？」

「何事にも目的と手段がある」

「信じられないわ！」

ジェイソンが体を起こした。「君のことになると、僕が正気を失うのはわかっていただろう？」

ローラはかぶりを振った。「パムについては、心配するようなことは何もなかったと言いたいの？」

「いや、そうは言っていない」ジェイソンは辛抱強く答えた。「薬をのんだとき、切羽詰まっていたのは確かだろう。カザンティスは妊娠を知って逃げ出した。そして君の妹は厄介な状況だと悟った。おそらく中絶の費用もなかった。だから最後の頼みの綱として君に電話した。君が来ればマイクに話をつけてくれるだろうと、ある程度予測していたのさ。彼に責任をとるよう説得してくれるかもしれないと」

彼はしかめっ面をした。「万に一つの賭さ！」

「それで……あなたはその状況を自分のために利用した。私に嘘をついたのね」

「いや……真実にほんの少し色をつけただけだ」

「どういう意味？　マイクは一度もイタリアに行かなかったんでしょう」

「行ったかもしれない。親戚があっちにいる」

ローラは肩を落とした。「私って、とんでもなく愚かだった」

「いや、違う！」ジェイソンが悪態とともに、ベッドの上で彼女に近づいた。「それは違う。君は妹のためを思って行動した。そのおかげで、僕たちはこうして今も強烈に惹《ひ》かれ合っていると悟った」彼の手がローラの顔をとらえて振り向かせた。「すでにこんなに時間を無駄にした。君のことを大切に思っていると言うために、また三年も待ちたくない」

ジェイソンの声には説得力があり、その手はローラにやさしく触れている。引き締まった体は、どうしようもなく美しい……けれど、ローラには彼が信じられないとわかっていた。何も変わっていない。ジェイソンはいまだに自分が過ちを犯していないと思っている。たとえ彼の不実は許せても、人の命を奪う原因になったのは許せない。

ローラは苦悶《くもん》のうめきをもらしてジェイソンから身を引き離すと、転がり出るようにベッドから下りた。そして壁にぶつかるまで後ずさりした。「やめて！　二度と私に手を触れないで！　パイロットを呼んで。私をオアフ島に送ってちょうだい。ロンドンに戻るわ。あなたが引き止めようとするなら、私はパメラと同じことをするかもしれないわよ！」

12

ローラがロンドンに戻って三週間がたったころ、思いがけない客がやってきた。

ローラはピアースの家に滞在していた。自分のしたいことが見つかるまで、住まいはさがすなと彼が言い張ったのだ。ピアースの指示に従ったのは、言い争う気力もなかったからだ。それに、極東への旅も近づいていたので、帰国するまではフラットを借りて家賃を払うのは無駄に思えた。ローラの突然の帰国について、ピアースは余計な詮索をしなかった。

カウラナイを出るのは、これまでの人生でもっともつらいことだった。以前ジェイソンのもとを去ったとき、ローラの耳の奥では彼の怒りの言葉が響いていた。それにジェイソンはすでにエレン・リッジウェイに乗り換えたとわかっていた。今回は違う。彼はとどまってほしいと懇願し、ローラに拒絶されると、書斎に引きこもってしまった。結局、ローラはジェイソンと顔を合わせないまま、ジョナに送られて空港に向かった。

当然ながらルシアは引き止めた。別れを告げるときには泣きじゃくっていた。ローラがロンドンに会いに来ればいいと言っても、彼女は喜ばなかった。

「パパはあなたが好きなのよ」ルシアは震える声で叫んだ。「もう一度パパにチャンスをあげて！」

パメラは驚いたが、がっかりはしなかった。「姉さんはここにいなくてもいいと言ったじゃない」ローラがここを出ると伝えたとき、彼女はそう返した。

「ジェイソンと仲違《たが》いでもしたの？　彼がずっと戻らなかったから、変だと思ったのよ」

「これは個人的な問題なの」ローラの声が引きつっ

た。「あなたが私に正直に話してくれていれば、もっと簡単にすんだかもしれないのに。ジェイソンから聞いたけど、あなたはマイクが既婚者だとずっと前から知っていたんでしょう」

「あの男はくずよ」パメラはあっさりと言った。「でも、姉さんに私の気持ちはわからないわ。もう一度遅れてきたら首にするってミセス・ゴールドスタインからは脅されるし。朝は吐き気がひどかったの――ときどきほんとに死にたくなったわ！」

イギリスに戻ってから、ローラはその言葉を思い出した。朝起きたときの吐き気は日増しにひどくなっている。私は妊娠している。間違いない。

ピアースに打ち明けようかとも考えたが、彼の反応を思うと怖かった。ピアースはジェイソンに責任を取らせるべきだと主張するか、自分と結婚しようと言い出すかのどちらかだろう。ローラにとっては、どちらも気が進まない。たとえジェイソンに知らせたとしても、彼に結婚を迫るつもりはなかった。ピアースとの結婚については……とにかく、ほかの男性との結婚は単純に考えられない。ジェイソンがどんなに不実でも、彼はローラが愛するたった一人の男性なのだから。

五月が六月になり、昼間の時間が長くなった。ローラが帰国してから、ロンドンは例年になく寒い日が続いたが、ある朝目覚めたとき、空は晴れて気温が高くなっていた。とうとう夏が来たのだ。ローラは希望を感じながらベッドから出た。今日こそ、ピアースに妊娠を伝え、自分で育てると説明しよう。

そんな前向きな気分をそぐように、吐き気がしてバスルームに駆け込んだ。冷たい鏡に額を押し当てながら、いくら天気がよくても簡単に問題は解決しないと痛感した。けれど何が起ころうと、ジェイソンの子供は守るつもりだった。

朝食の席でローラは話を切り出す機会をうかがっ

ていたが、ピアースは届いた手紙を読んでいて、顔を上げなかった。食事が終わると、彼はすぐさま手紙の返事を出さなければならないと言い出した。ローラは心を決めて、彼のあとから書斎に入った。

「今日は天気もいいし、昼食後は二人で出かけようと思っているんだが」ピアースはデスクの前に座りながら言った。「ボーンマスに行くのはどうかな？　潮風に当たって遊歩道を歩こう。きっと君の顔色もいくらかよくなるはずだ。しばらく前から気づいていたが、このところ君は具合が悪そうだから」

ローラは両手をきつく握り合わせた。「実を言うと、ピアース、そのことについて話したかったの」

「そのことって？」ピアースは今朝届いた手紙を読み返していて、なかば上の空で聞いていた。

「私の……具合が悪いことについて」

ピアースが顔を上げてローラをじっと見つめた。

「病気じゃないだろうね？」彼の表情は深刻で、心配そうだった。「それでイギリスに戻ったのか？」

「いいえ、違うの」ローラは上唇を湿らせた。「病気ではなく……」そのときドアベルの音が聞こえた。

「こんな時間に来客か？」ピアースがいらだたしげに言った。「ずいぶんタイミングが悪いな！」

やがてドアにノックの音がして、家政婦のミセス・バーンズが現れた。

「今はだめだ、ミセス・バーンズ」ピアースが太った家政婦に言った。「誰にしろ、断ってくれ。朝の九時四十五分はインタビューには早すぎる」

「ミスター・カーヴァーを訪ねてみえたんじゃないんです」ミセス・バーンズが硬い声で告げた。「若いご婦人がミス・ハイトンに会いに来ました。仕事中だと申し上げてお断りしたんですが、アメリカから飛んできて急ぎのご用件だとかで」

「パメラだわ！」ローラはぱっと立ち上がった。

「ああ、ピアース、ごめんなさい。でも妹が来たとなると、大変なことがあったに違いないわ」

「ご婦人はミセス……カザンディスと名乗られましたが」家政婦が口をはさんだ。「妹さんですか？」

「カザンティスね？」ローラは足を止めた。「それはきっと……」「ミセス・カザンティスですって？ それはきっと……」


「私よ」ミセス・バーンズの背後から声が聞こえた。ローラはジェイソンの妹の姿を見て目を見開いた。

「アイリーン！ 何かあったの？ ジェイソンに何か？ ああ、どうしよう！」ローラはめまいがした。

「ジェイソンね？ そうでなければ、あなたがここに来るわけがないもの。彼に何かあったの？ 病気なの？ 事故にあったの？ 教えて！」

「ローラ、落ち着いて」ローラ」あっけに取られる家政婦の脇をすり抜け、アイリーンが書斎に入ってきた。彼女はピアースに懇願のまなざしを向けると、ローラの肩に腕を回した。「あなたに話があって来たの。

さあ……落ち着いて。そうしたら説明するから」

ローラは不安そうに彼女を見た。「ジェイソンは無事なの？ 嘘《うそ》じゃないわね？」

「もちろんよ」アイリーンは困惑したようにピアースを見た。「こんなことになってごめんなさい。動揺させるつもりはなかったのに」

「だが、明らかにそうなったようだ」ピアースが冷ややかに言った。彼はローラの反応にショックを受けていたが、すでに立ち直っていた。「もういい、ミセス・バーンズ。用があれば、呼ぶから」

家政婦が出ていくと、ピアースは二人の女性に近づき、手を差し出した。「私はピアース・カーヴァーです、ミセス・カザンティス」彼は礼儀正しく自己紹介した。「君もあの一族の一人のようだね」

「ジェイソンの妹です」アイリーンが彼の挨拶に応じた。「ローラとは四年前に知り合いました。彼女とジェイソンが一緒だったころに」

「一緒？」ピアースが片眉を吊《つ》り上げた。

ローラはため息をついた。「ジェイソンと私は二年ほど一緒に暮らしていたの。彼の秘書だったのはほんの二、三カ月で、そのあと……」

「信頼以上のものを分かち合ったのか」ピアースが皮肉をこめて言い、肩をすくめた。「そう聞いても、別に驚きはしない」

ローラは顔を上げた。「そうなの?」

「私はまったくの世間知らずというわけじゃない。それにクラブで君とモンテフィオーレを見ているんだ。君たちには関係があったんじゃないかと思っていた。もう終わっていることを願ったがね」

「終わったわ!　過去のことよ」

「ローラと二人きりで話せますか、ミスター・カーヴァー?」アイリーンがなめらかに尋ねた。「ジェイソンのことで話があるんです」

「どうぞ」ピアースの鼻孔がふくらんだ。「用があれば、私は図書室にいるよ、ローラ。では、ミセス・カザンティス」

ピアースが出ていったあと、ローラは言葉を失った。なぜアイリーンがここに来たのか、想像もつかなかった。言いたいことがあるなら、どうしてジェイソンは直接言いに来ないのだろう?

「あなたのミスター・カーヴァーは、ずいぶんあなたのことを大切に思っているみたいね」アイリーンが沈黙を破った。

ローラはうなずいた。「彼はいい友達なの」

「彼はそれ以上になりたいんだと思うけど」アイリーンがそっけなく言った。「彼を愛しているの?」

「ピアースを愛している?」ローラはぼんやりとアイリーンを見つめた。「もちろん愛していないわ。そういう関係じゃないの」

「だったら、なぜジェイソンのもとを去ったの?」

ローラの顔が赤くなった。「なんですって?」

「ローラ、お願いよ……」アイリーンはピアースのデスクの端にもたれると、ローラに困惑のまなざしを向けた。アイリーンはジェイソンによく似ている。そう考えて、ローラの胸は締めつけられた。「お互い正直になりましょう。ただ挨拶するために、わざわざ飛んできたわけじゃないのよ」

ローラは唇を舌先で湿らせた。「だったら、どうして飛んできたの？　ジェイソンに頼まれた？」

「ジェイソンですって？」アイリーンは表情豊かに目をぐるりと回した。「私がここに来たと知ったら、兄は怒り狂うわ。ただ……母に頼まれたのよ。それに私自身、兄のことが心配だったから」

「心配って？」ローラはごくりと唾をのみ込んだ。

「だって、彼は大丈夫だと言ったでしょう」

「兄は……病気じゃないわ。ちょっと違うの」

「どういう意味？」

「そのとおりの意味よ」アイリーンは椅子を指し示した。「座って、ローラ。そのほうがよさそう」

ローラはかぶりを振って、立ったままでいた。

しかめっ面でアイリーンが先を続けた。「あなたは私の頑固な兄のことを心から気にかけている。なのに、どうしてロンドンにいるの？　兄はハワイで死に向かっているというのに」

ローラは青ざめた。「死に向かう？」

「言葉のたとえよ」アイリーンがため息をつく。「でも、あのままでは、そうなるわ。あなたは彼を捨てた。それも二度も！」

「あなたは何も知らないから……」

「あら、よく知っているわ」アイリーンはいらだたしげにローラを見た。「ジェイソンが父に何を約束しようと関係ない。私は真実を話すつもりよ」

ローラはかぶりを振った。「アイリーン……」

「私の話を聞いて。あなたはジェイソンからジェフ・リッジウェイの死にかかわっていたと聞いた。だから兄を捨てたんでしょう。でも、リッジウェイが私たちの父親に何をしたかは聞いていない」

ローラは戸惑った。「あなたたちのお父さま？」

「そうよ。複雑な話なの。でも、なんとか手短に説明するわ」アイリーンはいったん言葉を切って再び始めた。「大昔、父は警察と揉《も》めたの。これは言いたくないんだけれど、麻薬取り引きで逮捕されたのよ。でも、彼は有力者とつながりがないわけではなかった。それで、レジーナの父親の手を借りて、告発をまぬがれた」

「それはいつのこと？」

「十八年前かしら。十九年かも。関係あるの？」

ローラは息を吸い込んだ。「ジェイソンがレジーナと結婚したころ？」

「そのころだと思う」アイリーンはうなずいた。

「そこからジェフ・リッジウェイにつながるの。彼は言うなれば……山師ね」

「実業家だったんでしょう？」

「まあね」アイリーンは唇を噛《か》んだ。「どういうわけか……彼は父について知った。私たちの誰も知らないところで、何年も父をゆすっていた。いいえ」彼女は片手を振った。「私は父に罪がなかったなんて言っていない。父は刑務所に行くべきだった。ジェイソンも同情を示さなかったわ。母がいなければ、兄もあんなふうに利用されるつもりはなかったでしょうね。でも……兄は従った。これで終わったと思ったはずよ。私たちみんながそう思った。でも、ジェイソンは巻き込まれてしまった」

ローラは喉がからからになった。「ジェイソンはリッジウェイの妻を誘惑することで彼を罰したというの？」

アイリーンは悪態をのみ込んだ。「違う。ジェイソンはエレン・リッジウェイには興味がなかった」

「だったらどうして……」

「最後まで聞いて」アイリーンはピアースのデスク

を回って革張りの肘かけ椅子に座った。「リッジウェイはハワイに仕事の拠点を移そうと決め、父を利用したようにジェイソンも利用しようと考えたの」

「つまり……ジェイソンをゆすろうとしたの？」

「そうよ」アイリーンはあっさりと言った。「でも、ジェイソンは父とは違う」

「だからといって、彼に何ができたの？」

アイリーンはためらった。「みずからの手で制裁を加えたと言えばいいかしら」

ローラは両手で腹部を押さえた。「まさか……リッジウェイをバルコニーから突き落としたとか？」

「いいえ、あれは自殺よ。とにかく……」アイリーンは言葉をさがした。「彼が接近してきたとき、ジェイソンはいくつか自分でも調べてみようと考えた。ときどき雇っている調査会社があって——」

「知っているわ」ローラは身震いした。

「それで……彼らに仕事を頼んだ。しばらく時間がかかったわ——一年半くらいだったと思う。でも、とうとう彼らはジェイソンが求める武器を手に入れた。リッジウェイ自身も麻薬取り引きで稼いでいたのよ。はっきりした証拠はなかったんだけど、ジェイソンは賭に出たの」

ローラは混乱した。「ジェイソンが麻薬に手を染めたりしたら、リッジウェイの思うつぼでしょう」

「文字どおりのことをすれば、そうでしょうね」アイリーンはうなずいた。「あの男を刑務所に送る見込みがないのはジェイソンにもわかっていた。リッジウェイは危険を冒さなかったから——でも、そこにエレンが現れたというわけ」

ローラは身をこわばらせた。「ジェイソンは彼女とあえて関係したということ？」

「彼女を利用したのよ。興味があると彼女に思わせたの。ジェイソンを手に入れるためなら、どんなことでもするってところまで」

「ああ、アイリーン……」

アイリーンはかぶりを振った。「ローラ、私は兄を知っている。ジェイソンは聖人じゃないわ。でも、彼がエレン・リッジウェイとは何もないと言ったら、信じなければだめ」

「彼はそうは言わなかった」ローラは引きつった声で言った。「君は僕を信じていないと言っただけ」

「つまり、信じなかったのね」アイリーンはそっけなく返した。「私の話だって信じていないもの」

「もう何を信じればいいのかわからない」ローラは額を押さえた。「ジェフ・リッジウェイは妻の浮気が原因で自殺したと私は思っていたから」

「妻が浮気したくらいでリッジウェイがうろたえたとは思えないわ。彼女はかけがえのない存在ではなかった。三人目の妻だったし」

「そうなの？」

「知らなかった？」アイリーンは肩をすくめた。

「ジェイソンがどうやってリッジウェイを陥れたか教えてあげるわ。兄にはいろいろと変わったところに友人がいるのよ。そのつてを使って、いつ麻薬が運ばれるか調べさせ、盗まれるように手配したの」

「盗まれる？」

「そんなにショックを受けた顔をしないで。そうなったら、リッジウェイも取り引き相手に盗まれたと言わざるをえない。そのあと、ジェイソンがエレンからリッジウェイの居場所を聞き出し、麻薬をリッジウェイの部屋に隠した」

ローラは困惑した。「それがなんの役に立つの？」

「盗まれた品物がリッジウェイの自宅から見つかれば、彼にお金を渡した人物はどう思う？」

「でも、どうしてその人物にわかったの？　ジェイソンが……話したのね」

「誰かがね」

ローラは力なく椅子に腰を下ろした。「なぜ彼は私に話してくれなかったの?」ローラはかぶりを振った。「話してくれていたら……」

「どうして話せるの?」アイリーンはローラを見据えた。「あなたは彼の妻じゃなかった。どうして父の命をあなたにゆだねられるの?」

ローラは唾をのみ込んだ。「でも……あなたは話してくれた」

「誰かがそうしなくてはいけなかったからよ。ローラ、ジェイソンはあなたを愛している。信じられないの? ああ、もう、あなたが信じてくれなかったら、うちの家族はおしまいよ」

「それで……私についてはどうなの?」

アイリーンは椅子にもたれた。「あなたの気持ちについては疑っていない。この部屋に入った瞬間、私にはわかったわ。あなたはジェイソンに何かあったと思って半狂乱になったじゃないの」

13

ローラはサンフランシスコでジェイソンの両親とともに一晩過ごし、翌日オアフ島に発《た》った。午後の便は離陸が遅れて、ジャンボ機がホノルルに着いたときには夜になっていた。またしてもローラはハワイに押し寄せる観光客に揉《も》まれることになり、ジェイソンの父親が手配してくれた運転手付きの車に乗ったときにはほっとした。

運転手にはまずイリカイ・ホテルに行くよう頼んだ。その有名なホテルはヨットハーバーからも近く、ジェイソンがスイートルームを押さえている。彼は前日にカウラナイを出たはずだとアイリーンが言っていた。その後は連絡がつかなかった。彼と話をしたのはルーカス・カマラだけで、彼こそがジェイソンの母親に息子の精神状態がかんばしくないと伝えた人物だった。

〝ルークの話では、ジェイソンは飲みすぎだそうなの。それにほとんど食べないんですって〟ロンドンからサンフランシスコに向かう機内で、アイリーンが説明した。〝私も電話で話そうとしたのよ。父は実際にクラブまで足を運んで会おうとしたんだけど、暇がないとかで――というか、暇がないと言われたのよ！　ローラ、あなたはあきらめないで。兄にはあなたが必要なの〟

ローラはぼんやりと窓の外に目を向けた。エレン・リッジウェイの言葉など無視して、彼を信じればよかった。〝彼は私を許してくれないかも〟

アイリーンは彼女の手をぎゅっと握った。〝許してもらうのよ。私たちみんなのために〟

イリカイ・ホテルの広いロビーは観光客で混雑していた。荷物が満載のカートを押すポーターが行き来している。ローラはなんとか若いフロント係の注意を引き、ミスター・モンテフィオーレは部屋にいるかと尋ねた。長旅で疲れきった女がもっとも裕福な客について尋ねたのだから、フロント係は驚いたに違いない。

「ミスター・モンテフィオーレはお部屋にはいらっしゃいません」彼は礼儀正しく答えた。「申し訳ありませんが、いつお戻りになるかはわかりません。明日また問い合わせてみます」

「ありがとう」ローラはその言葉を受け入れた。夜の九時にジェイソンが部屋にいるとは思えない。あとはブルー・オーキッド・クラブで会えることを祈るしかなかった。どこかほかで慰めを見いだしているかもしれないが、それは考えるのも耐えられない。

・

ブルー・オーキッド・クラブで車を降りたあと、ローラは運転手を帰らせた。普段着でスーツケースを提げてクラブに入ったとき、恐ろしく目立っているような気がした。ここに最後に来たのは三年前だ。ジェイソンの話ではルーカス・カマラがここを取り仕切っているらしいが、大理石のロビーを通ったとき、顔見知りは一人もいなかった。

「いらっしゃいませ」

誰にも見とがめられずにエレベーターまでたどり着けないのはわかっていた。ローラは声をかけた男性に向き直った。「あの……私……ミスター・カマラに会いに来たんです」ジェイソンの腹心の部下と話ができれば、きっとうまくいくはずだ。それから呼び止めた男性が誰か気づいてびっくりした。「フィル！　フィル・ローガンね！」白のディナージャケットときちんと折り目のついたズボンに目を見張る。「あなただとは思わなかった」

ローラが最後に会ったとき、フィルはバーのカウンターで働いていた。彼は信じられないというようにローラを見つめた。「驚いたな！　ここで何をしているんだ？　イギリスに戻ったと聞いたけど」

「そうよ。戻ったわ」ローラは神経質そうにエレベーターをちらりと見た。「私……ルーカスに会いに来たの。彼は階上《うえ》にいる？」

「いるけど」フィルは疑わしげに彼女を見た。「でも、一人じゃないよ。ジェイソンもいる」

「彼はここにいるの？」

「もちろん」フィルがためらった。「ルークにここまで下りてきてもらってもいい。君はジェイソンに会いたくないだろうから。ジェイソンとはすっぱり別れたと聞いたよ」

ローラはぱっと彼を見た。「誰が言ったの？」

「さあ。ルークかな。彼に電話を入れる？」

「だめ！　いいえ……」喉がからからになり、ローラはごくりと唾をのみ込んだ。「私が階上に行ってはだめ？　私……ジェイソンにも会いたいの」

フィルが顔をしかめた。「この前君が電話してきたとき、僕はジェイソンにこっぴどく叱られたんだ。君に電話番号を教えなかったから。でも……今、君が階上に行くのはいい考えだとは思えない。まずルークに連絡してみるよ」

「フィル、私はジェイソンに会わなければならないの。だったら、早いほうがいいでしょう?」

フィルはスーツケースを預かり、いくらか懸念を見せつつ、ローラをエレベーターに乗せた。最上階にあるペントハウスの扉が開いたとき、待っていたルーカス・カマラを見ても、ローラは驚かなかった。

「久しぶりだね、ローラ」ルーカスがやさしく言った。のんびりしたこの島特有の話し方を聞いて、ローラは泣きたくなった。「フィルから聞いたよ。彼を怒らないでくれ。自分の仕事をしただけなんだ」

「ああ、ルーカス!」ローラは彼の抱擁から身を引くと、手の甲で頬をぬぐった。「ジェイソンに会わせて。アイリーンから彼は誰にも会おうとしないと聞いたけど、私とは話があるはずよ」

ルーカスは同情のまなざしを向けたが、その言葉は厳しかった。「また君に会ったからといって、状況は変わらない。君は来てはいけなかった」

ローラは呆然《ぼうぜん》とした。「でも、どうして?」

「わかっているだろう」ルーカスは両手を広げた。「三年前、ジェイソンはひどく苦しんだ。何カ月も世捨て人のように暮らしていたんだ。どうして彼がこのアパートメントを出たと思う? ここは君の思い出ばかりだったからだ」

ローラは彼を見つめた。「そんなこととは……」

ルーカスがかぶりを振る。「二カ月前、ジェイソンは君が戻ってくると言った。私たちは君がこのままずっとここにいると思い込んでいた。ところがまた君が去って、ジェイソンはもうずたずただ」

ローラは震えた。「でも、彼はここにいるのね?」

「そうだ」ルーカスは気乗りしない様子で認めた。

「だったら、彼に会わせて」

「だめだ。少なくとも……今すぐは」

「ここですべてを話すのは無理だけれど、もう二度とジェイソンから離れるつもりはないの」

「今はだめだ」ルーカスは困ったようにペントハウスの住居部分に通じる絨毯《じゅうたん》敷きの廊下をちらりと見た。「ローラ、まず私から彼に話をさせてくれ。彼に話したら、すぐに君に連絡する。約束するよ」

「いやよ」ローラは足を踏ん張った。ここを出たら――ルーカスがジェイソンに伝えたら、彼の父親のように追い払われてしまう。ここで譲歩するわけにはいかない。これはたった一度のチャンスなのだ。

「ローラ、頼むから……」ルーカスが彼女の腕を取った。けれど彼がエレベーターのほうに促していると気づいて、ローラは腕をもぎ離した。

「いや!」そしてルーカスに引き止められる前に廊下を駆け出した。あとを追うルーカスの足音は聞こえたが、彼はもう若くない。体力も衰えている。それにここの間取りについては、ローラもよく知っていた。ジェイソンの住居部分に入るドアは開いたままだった。ローラはジェイソンは居間にいるとなかば期待して駆け込んだ。だが、明かりはついていたものの、部屋は空っぽだった。

不安な思いで足を止め、しばし周囲を見まわした。そのあいだにルーカスが追いついた。「ローラ、これはあまり利口とは言えない」

ローラはすばやく寝室に向かった。いったん部屋の前で立ち止まると、震える指でドアを押し開く。ジェイソンはジャケットを脱いだ姿でベッドに横たわっていた。ドアが開いて光が差し込んだせいで、彼は身じろぎして、つぶやいた。「勘弁してくれ、ルーク……まぶしくてたまらない」

ローラは無意識にうしろを見たが、ルーカスはいなかった。ジェイソンは明らかに酔っ払っている。ベッド脇のテーブルには半分ほど減ったスコッチのボトルが置いてあり、部屋は強いアルコールの甘酸っぱい香りが漂っていた。

ローラがドアのそばにあったランプのスイッチを入れると、あたたかい琥珀《こはく》色の光が広がった。ジェイソンがうめいて寝返りを打ち、光に背を向ける。

ローラはドアを閉めてベッドに近づいた。

「ジェイソン」おずおずと呼びかける。「ジェイソン、ルーカスじゃないの。私よ……ローラ」

ジェイソンが突然体をねじって上体を起こした。枕にもたれると、用心深く彼女に目を凝らす。「ローラ？」彼はかすれた声で返した。「幻覚か？」

「幻覚じゃないわ。本物の私よ」ローラは狼狽《ろうばい》を押し隠した。彼は少なくとも二日は髭《ひげ》を剃《そ》っていないようなありさまで、目は充血しているし、病気のように見える——それに痩せたようだ。そんな状態にいくばくかの責任があると思うと、胸が締めつけられた。「私、一時間くらい前に着いたの。イリカイ・ホテルに行ったけど、あなたはいなくて……」

「どうやって中に入った？」ジェイソンがショックから立ち直り、険悪な声で言った。

「ルーカスに引き止められたけど、私が強引に押し入ったの。あなたに話があるのよ、ジェイソン」

「話すことなど何もない」ジェイソンが冷たく言い放つ。彼は額から髪をかき上げると、ベッド脇のボトルに手を伸ばした。「今すぐ出ていってくれ。君は僕の時間を無駄にしている」

「あなたの飲む時間を、という意味？　そんな人だとは思ってもみなかったわ、ジェイソン」

「君に何がわかるというんだ？」彼は苦々しげにき返し、ボトルを口に運んだ。「僕の何を知っている？　君は僕のことなどわかっていなかった。わかっていると思い込んでいただけだ。君のお説教を聞く気はない。僕は勝手に堕落するのさ」

「ああ、ジェイソン……」

「どうしてここへ来た、ローラ？　僕に何があろうと、君には関係ないだろう。最後に話したときに、君は自分の気持ちをはっきりさせた。君は僕と縁を切りたいんだ。いいとも——僕もそうしよう！」

「いいえ、違うわ！」ローラは絶望のうめきをもらして、ベッドに座り込んだ。「ジェイソン、どうして私に本当の気持ちを打ち明けてくれなかったの？　なぜ私を利用しただけだと思わせたの？」

「君が何を言っているかわからない」ジェイソンは不機嫌そうに言い、手に持ったボトルを見下ろした。

「いいだろう。君が戻ったとき、僕は君に償いたいと思った。すぐにそんな考えは間違っていたとわかったよ。僕たちがしていたのはすべて、お互いを傷つけることだったんだ、ローラ。はっきり言おう。僕は君が何をしようとどうでもいい！」

「そんなの嘘《うそ》よ！」

「真実だ。僕はもう君を必要としていないんだ、ローラ。君は僕にとって熱病みたいなものだった。だが、今は治りつつある」ジェイソンがボトルを持ち上げる。「これのおかげで。地元の人間はこれを火の水と呼んでいる。この熱い酒が、僕の血の中から君を焼き払ってくれるのさ！」

「信じないわ！」衝動的にローラは彼の手からボトルを奪い取り、部屋の反対側めがけて投げつけた。ボトルは壁に当たって粉々に砕けた。

抑えきれない激しい怒りをこめて、ジェイソンが悪態をついた。「気は確かか！　僕をどうするつもりなんだ？　なぜここに来た？　何が望みだ？　ああ、言わなくてもいい。父が送り込んだんだろう。僕がリッジウェイの二の舞を演じないかと死ぬほど怖がっているからな。まあいい、心配は無用だ。誰も巻き込むつもりはない。僕は勝手に一人で生きていいくから、ほうっておいてくれ。いいな?」

「ジェイソン……アイリーンが私に会いに来たの」

「本当に?」

「本当よ」ローラは唇を湿らせた。「彼女は……彼女もご両親もあなたのことを心配している」

「驚いたな!」

ローラは両手を握り合わせた。「それでアイリーンに言われたの。私はあなたのことを……そしてリッジウェイについても誤解していると。ジェイソン、ごめんなさい。こんな言葉では足りないとわかっているけれど、謝りたいの。過去を取り消せるなら、そうしているわ。私が愚かだった。あなたを信じるべきだった」

「そうか……ここまで来てくれてありがとう。僕の家族も感謝するだろう。だが、君も言っていたように、過去は取り消せない。僕たちにはチャンスがあった。そして失敗した。これで話は終わりだ」

ローラはベッドから立ち上がり、こわばる唇で言った。「つまり、あなたは私を必要としていない。アイリーンは間違っていたのね」

ジェイソンが嘲るように笑った。「そのとおり」

冷笑にゆがんだ唇が、ローラの決意を打ち砕いた。彼の怒りなら受け止められる。憎しみをぶつけられても当然だ。けれど、これほどまでに残酷な態度を見せつけられるのは耐えられない。

ローラはあとずさりをしながらドアに近づき、手さぐりで取っ手をつかんで引き開けた。やっとの思いで背を向けると、廊下を引き返して居間に戻った。

ルーカスが心配そうな顔で待っていた。「何かが割れたような音がした。君は彼に何をした?」

「私が彼に何をしたか?」ローラは声を詰まらせ、必死に涙をこらえていた。「ルーカス、私……」

「彼女はスコッチのボトルを粉々に割ったんだ」背後からジェイソンが言い、ローラは振り返った。

「すまないが、ルーク」彼はドア口にもたれて冷ややかに言った。「あとで誰かに掃除をさせるから、このまま出ていってもらえないだろうか？　ローラと僕には片付けなければいけないことがあるんだ」

「私に出ていけと？」ルーカスが呆然とき返し、
ジェイソンは首を揉みながら居間に入ってきた。

「ちょっとのあいだでいい」彼はローラと目を合わせた。「僕たちは十五分後にはここを出る。ただ、髭を剃ってシャワーを浴びる時間が欲しい」

「わかった」ルーカスは青ざめたローラの顔を見た。

「大丈夫かい？」

「彼女は大丈夫だ」ジェイソンが刺《とげ》のある声で答えると、ルーカスが肩をすくめた。

「わかった。私は出ていこう」彼は首を振り振りつぶやいた。「どうぞごゆっくり」

ドアが閉まると同時に、ジェイソンが背を向けた。

「座って」彼はまるで見知らぬ他人をもてなすかのように言い、ローラはそのうしろ姿を目で追った。

ローラは五分ほど居間を歩きまわったが、なんの解決の糸口も見いだせなかった。そこで遠慮を捨ててジェイソンのあとを追いかけた。さっき言ったことが本心なら、どうして私を引き止めたのだろう？

主寝室の隣のバスルームで水の流れる音がする。ジェイソンが出てくるまで待つべきだとわかっていたが、頭の中ではいろいろな考えが駆けめぐっていた。今すぐジェイソンに話をしなければ。これが終わりなのか、始まりなのか知りたい。

「ジェイソン……」ローラはおずおずとバスルームに足を踏み入れ、シャワーの下に立つ彼の体を目にして立ち止まった。シャワー室のドアは開いたままだった。自分が立ち去ったあと、ジェイソンがどんなに痩せたかを知って、ローラの心は痛んだ。彼は体重を落とし、私は体重が増えている。ローラは震える手で、まだ平らな腹部を撫《な》でた。その動きがジェイソンの注意を引いた。

すでに髭を剃ったあとだった。顎に流れる血が彼の手元の危うさを物語っていた。これを見たとき、ローラは最後のチャンスに賭けようと決意した。

「ああ、ジェイソン。私、ずっとあなたを愛していたのよ！」すると彼はシャワーを止め、ためらいがちにローラに近づいた。

「知ってのとおり」ジェイソンは濡《ぬ》れた両腕を彼女の肩に置き、じっと目を見つめた。「火の水は全身に回るまで恐ろしく時間がかかるから、あまりうまくいった覚えがない。僕はまだ熱病にかかっている。きっと一生治らないかもしれない」

ベッドでジェイソンが二人の体をぴったりと重ね合わせた瞬間、ローラから抵抗する気持ちが失《う》せた。

「僕はびしょ濡れだ……わかってる。あとで一緒に乾かそう」彼は意味不明な言葉をもらしながらローラのシャツのボタンを指でさぐり、切羽詰まったように彼女の服を取り去っていく。「ああ、ローラ、君が欲しい！」開いた彼女の唇をジェイソンの口がさがし当て、親密な舌を感じさせた。「どうして僕を捨てた？　君なしでは僕は死人も同然なのに！」

強烈で情熱的な愛の行為に、ローラは進んで身をまかせた。互いを貪欲に求め合い、満ち足りた至福の余韻に包まれるときになって、ジェイソンが先ほど見せた怒りをわずかにあらわにした。

「これで君もわかっただろう」彼は辛辣に言いながら、ローラの額に落ちた髪をそっと払いのけた。「君が去ったあと、僕は正気を失っていた。君はこれからずっとここにいるのか、それとも単に立ち寄っただけか？」

「答える必要があって？」ローラは両手でジェイソンの頬を包み込み、顎に残る血の跡を親指でなぞると、その指をわざと吸った。「ジェイソン……愛してる。これまでも、これからもずっと。あなたからは一度も聞いていないけれど」

ジェイソンが両肘をついて体を持ち上げ、ローラを見下ろした。だが、ローラはジェイソンが離れる前に彼の首に両腕を巻きつけて引き寄せた。「君への気持ちはすでに証明したと思っていたが」彼はかすれた声で言い、ローラの胸のあいだに顔をうずめた。「何度も何度も繰り返したつもりだった。僕たちが一緒に暮らしていたころ、ほかの女はいなかった。僕たちのあいだに誓いの言葉が必要なのか？」

ローラは彼の顔を上げさせた。「もし……私が出ていかなかったら、あなたは結婚を申し込んだ？」

「君は承諾したか？」

「承諾したってわかっているでしょう」

ジェイソンが顔を近づけて、長いキスをした。

「今なら結婚してくれるかい？　君がずっとここにいるつもりなら、僕はきちんと手続きしたい」彼は顔をしかめた。「三年前、君が出ていったとき、僕は地獄の苦しみを味わった。自分に言い聞かせたよ。僕たちが結婚していたら、こんな状況は起きなかった。君はもっと僕を信用する気になったかもしれない。もし君を自由にさせていなければと」ため息をつき、ローラの肩に鼻をすり寄せる。「アイリーンはなんと言った？　理由はどうあれ、たとえ間接的にでも、リッジウェイの死に僕も責任があるっていう事実を暴露したのか？」

「ええ」ローラは正直に答えた。「彼女からすべて聞いたわ――あなたのお父さまが罪を逃れたことも。早く話してくれればよかったのに」

「話したかったよ。すべてが終わったら、話すつもりでいた。だが、君は出ていってしまった。一人の男の人生を破滅させたと知って、僕がその苦しみから立ち直る前に！」

「だから、あなたはあんなに引きこもってしまったの？」ローラはかぶりを振った。「私が結論に飛びつかなければ……」そしてジェイソンを見上げる。

「でも、あなたもひどかったのよ。コロニー・ルームでエレン・リッジウェイと一緒のあなたを見たとき、私は死んでしまいたいと思った」

「あれは僕の最高の瞬間じゃなかった」ジェイソンは苦笑した。「君には嘘をつきたくなかったんだ。リッジウェイの要求には何度も従いかけた。だが、ゆすりを働く者は決してやめはしない。やつらはますます強欲になる。僕はそれが我慢できなかった」

「エレンが私になんと言ったか知っているんでしょう？　夫を亡くしたばかりの人があんな嘘をつくなんて信じられないわ」

「エレンは自分の将来を確実にしようとしたんだ」ジェイソンが答える。「おそらくリッジウェイの死によって生活ががらりと変わると悟ったんだろう。とくに経済的な状況が。だから僕はリッジウェイのホテルを買い取った」

ローラの唇が震えた。「償いとして？」

「そういう言い方が好きなら」ジェイソンの表情が陰った。「君が僕のもとを去った理由はわかった――二度ともね。僕たちはお互いを傷つけた。もう二度とそんなことにはしたくない」

「私立探偵を雇って私を見張らせたのは、いつのこと？」ローラは突然問いかけた。

「三年前だと言ったら信じるかい？」ジェイソンがわずかに落ち着かない様子で身じろぎした。ローラは彼の高まりが腿に押しつけられるのを感じた。

「理由はきかないでくれ。君が目を覚まして僕のもとに戻ってくると愚かにも期待したんだろう。ただ、君が元気でやっているか知りたかった。君に会いにロンドンに行ったこともあったんだ――君が思っているようなひどい男ではないと説明するつもりで。だが、君は別の相手を見つけていた――カーヴァーという男を。勤務時間外もその男と過ごしていると聞いて、僕は帰るしかなかった」

「ああ、ジェイソン！」ローラは彼を引き寄せた。そのあと数分にわたって部屋は静寂に包まれた。

やがてジェイソンが不満げに言った。「マイク・カザンティスに感謝する日が来るとは思ってもみなかった」

「彼はどこにいるの？」

ジェイソンがため息をついた。「詐欺罪で服役しているはずだ。どうして僕が君にかかわってほしくないと思ったか、これでわかっただろう」

ローラは呆然とした。「刑務所にいるの？」

「今はね。心配しなくていい。パメラにはすべて話したから。何週間か前に言ったように、君の妹は君が思っているほどもろくはない」

「ええ、もうわかっているわ」ローラは唇を噛《か》んだ。

ジェイソンはローラを抱いたまま仰向けになった。

「子供が生まれたら、彼女に仕事を世話してやるさ。ベビーシッターを雇えるだけの手当も」

子供の話題が出て、ローラはごくりと唾をのみ込んだ。指先でジェイソンの胸をなぞり、そっとつぶやいた。「本当に私と結婚したい？」

「したいよ。今すぐにでも」彼は眉をひそめた。「まさか気が変わったと言うんじゃないだろうね？」

「いいえ、違うわ」ローラは熱をこめて言った。「ただ……どうしてこんなに長くプロポーズしてくれなかったんだろうと思っただけ」

「レジーナと暮らしたことで、その制度に魅力を感じなかったからかな。それに、時間はたっぷりあると思ったんだろう。ルーシーのこともあった。僕が結婚すれば、少なくともルーシーは僕たちと一年の半分は一緒に暮らせると思った。だが、これは理不尽だ。十歳も違わない義理の娘を君に押しつけることになるんだから」

「ああ、ジェイソン！　私はルーシーを愛してるのよ。それに……私も子供はたくさん欲しい」

「君の好きなだけ作ろう」

「本気なの？」ローラは体を起こして座った姿勢をとると、ジェイソンを見下ろした。「あなたが思っているよりも早いかもしれない。ジェイソン・ハイトンと名付けるつもりだったけど、ジェイソン・モンテフィオーレのほうがずっといいわね」

ジェイソンがぱっと彼女を引き寄せた。「まさか……妊娠しているのか？　どうして言ってくれなかったんだ？」彼はしばし目を閉じたあと、突き刺すような視線を向けた。「話すつもりはなかったんだな？　アイリーンが君に会いに行くまでは」

「どうして話せて？」ローラは彼の首元に顔をうずめた。「子供の父親が欲しいだけとは思われたくない。あとで、手紙を書いたかもしれないけど……」

「手紙を？」ジェイソンがうめいた。「ああ、ローラ……もう少しで君を送り返すところだった！」

「でも、そうしなかった」

ジェイソンがローラをきつく抱きしめた。「できなかったんだ。君が寝室から出ていったとき、僕は文字どおり体を引きずるようにしてあとを追った。あのときの気分は最悪だったよ」

「それで今は？」ローラはささやいた。

「よくなった……ずっと」ジェイソンが体を引いて彼女を見つめた。「それで、君は？　この赤ん坊について君はどう感じる？」

「私たちの赤ちゃんのこと？」ローラは彼の胸を顎でこすった。「そうね……慣れるまでちょっと時間がかかったけど、私の気持ちは疑いようがないわ」

「僕だって同じだ」ジェイソンが唇を重ねた。ローラにはわかった。今度こそ我が家に帰ってきたと。

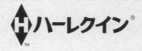

ハーレクイン・ロマンス　2015年5月刊（R-3062）

青ざめた蘭

2025年1月5日発行

著　　者	アン・メイザー
訳　　者	山本みと（やまもと　みと）
発 行 人	鈴木幸辰
発 行 所	株式会社ハーパーコリンズ・ジャパン 東京都千代田区大手町 1-5-1 電話 04-2951-2000（注文） 0570-008091（読者サービス係）
印刷・製本	大日本印刷株式会社 東京都新宿区市谷加賀町 1-1-1

造本には十分注意しておりますが、乱丁（ページ順序の間違い）・落丁（本文の一部抜け落ち）がありました場合は、お取り替えいたします。ご面倒ですが、購入された書店名を明記の上、小社読者サービス係宛ご送付ください。送料小社負担にてお取り替えいたします。ただし、古書店で購入されたものについてはお取り替えできません。®とTMがついているものは Harlequin Enterprises ULC の登録商標です。

この書籍の本文は環境対応型の植物油インクを使用して印刷しています。

ISBN978-4-596-71887-7 C0297

ハーレクイン・シリーズ 1月5日刊 発売中

ハーレクイン・ロマンス

愛の激しさを知る

秘書から完璧上司への贈り物 ミリー・アダムズ／雪美月志音 訳 R-3933
《純潔のシンデレラ》

ダイヤモンドの一夜の愛し子 リン・グレアム／岬　一花 訳 R-3934
〈エーゲ海の富豪兄弟 I〉

青ざめた蘭 アン・メイザー／山本みと 訳 R-3935
《伝説の名作選》

魅入られた美女 サラ・モーガン／みゆき寿々 訳 R-3936
《伝説の名作選》

ハーレクイン・イマージュ

ピュアな思いに満たされる

小さな天使の父の記憶を アンドレア・ローレンス／泉　智子 訳 I-2833

瞳の中の楽園 レベッカ・ウインターズ／片山真紀 訳 I-2834
《至福の名作選》

ハーレクイン・マスターピース

世界に愛された作家たち
〜永久不滅の銘作コレクション〜

新コレクション、開幕！

ウェイド一族 キャロル・モーティマー／鈴木のえ 訳 MP-109
《キャロル・モーティマー・コレクション》

ハーレクイン・ヒストリカル・スペシャル

華やかなりし時代へ誘う

公爵に恋した空色のシンデレラ ブロンウィン・スコット／琴葉かいら 訳 PHS-342

放蕩富豪と醜いあひるの子 ヘレン・ディクソン／飯原裕美 訳 PHS-343

ハーレクイン・プレゼンツ作家シリーズ別冊

魅惑のテーマが光る
極上セレクション

イタリア富豪の不幸な妻 アビー・グリーン／藤村華奈美 訳 PB-400

※予告なく発売日・刊行タイトルが変更になる場合がございます。ご了承ください。

1月15日発売 ハーレクイン・シリーズ 1月20日刊

ハーレクイン・ロマンス

愛の激しさを知る

忘れられた秘書の涙の秘密 《純潔のシンデレラ》	アニー・ウエスト／上田なつき 訳	R-3937
身重の花嫁は一途に愛を乞う 《純潔のシンデレラ》	ケイトリン・クルーズ／悠木美桜 訳	R-3938
大人の領分 《伝説の名作選》	シャーロット・ラム／大沢　晶 訳	R-3939
シンデレラの憂鬱 《伝説の名作選》	ケイ・ソープ／藤波耕代 訳	R-3940

ハーレクイン・イマージュ

ピュアな思いに満たされる

スペイン富豪の花嫁の家出	ケイト・ヒューイット／松島なお子 訳	I-2835
ともしび揺れて 《至福の名作選》	サンドラ・フィールド／小林町子 訳	I-2836

ハーレクイン・マスターピース

世界に愛された作家たち
～永久不滅の銘作コレクション～

プロポーズ日和 《ベティ・ニールズ・コレクション》	ベティ・ニールズ／片山真紀 訳	MP-110

ハーレクイン・プレゼンツ作家シリーズ別冊

魅惑のテーマが光る
極上セレクション

新コレクション、開幕！

修道院から来た花嫁 《リン・グレアム・ベスト・セレクション》	リン・グレアム／松尾当子 訳	PB-401

ハーレクイン・スペシャル・アンソロジー

小さな愛のドラマを花束にして…

シンデレラの魅惑の恋人 《スター作家傑作選》	ダイアナ・パーマー 他／小山マヤ子 他 訳	HPA-66

文庫サイズ作品のご案内

◆ハーレクイン文庫・・・・・・・・・・・・・・毎月1日刊行
◆ハーレクインSP文庫・・・・・・・・・・・毎月15日刊行
◆mirabooks・・・・・・・・・・・・・・・・・・毎月15日刊行

※文庫コーナーでお求めください。